U0467020

薇薇安曾来过

王芸 著

时代出版传媒股份有限公司
安徽文艺出版社

图书在版编目（CIP）数据

薇薇安曾来过 / 王芸著. -- 合肥：安徽文艺出版社, 2023.2
（鲸群书系）
ISBN 978-7-5396-7499-5

Ⅰ.①薇… Ⅱ.①王… Ⅲ.①中篇小说—小说集—中国—当代②短篇小说—小说集—中国—当代 Ⅳ.①I247.7

中国版本图书馆 CIP 数据核字 (2022) 第 119273 号

出 版 人：姚 巍	策 划：李昌鹏
责任编辑：胡 莉 宋潇婧	特约编辑：罗路晗

封面设计：鸿儒文轩·末末美书

出版发行：安徽文艺出版社　　　www.awpub.com
地　　址：合肥市翡翠路 1118 号　邮政编码：230071
营 销 部：（0551）63533889
印　　制：阳谷毕升印务有限公司　（0635）6173567

开本：880×1230　1/32　印张：6.25　字数：140 千字
版次：2023 年 2 月第 1 版
印次：2023 年 2 月第 1 次印刷
定价：48.00 元

（如发现印装质量问题，影响阅读，请与出版社联系调换）
版权所有，侵权必究

总　序

我将中国当代文坛创作体量巨大、深具创作动能的作家群体命名为"鲸群"。入选这套"鲸群书系"的作家在2021年度中短篇小说的发表量皆有15万字以上，入选小说皆为2021年发表的作品。

"鲸群书系"以最快的速度集结丰富多元的创作成果，以年度发表体量为标准来甄别中短篇小说创作的"鲸群"，展示作家创作生涯中的高光年份——当一个作家抵达极佳的状态才能进入"鲸群"。如果我们喜欢一位作家，一定会着迷于他高光年代的作品。

我想，"鲸群书系"问世后，一定会有更多的人关注被我称为"鲸群"的作家群体，因为这个群体标示了中国当代小说创作的年度峰值——它带着一种令人心醉的澎湃活力。

如果"鲸群书系"在2022年后不再启动，多年后它可能会成为中国当代小说研究者珍视的一套典藏；如果"鲸群书系"此后每年出版一套，它或许会为中短篇小说集的出版带来新格局。

　　这套书的作者中或许有一部分是读者尚不熟悉的小说家，我诚恳地告诉您，他就是您忽视了的一头巨鲸。正因为如此，"鲸群书系"的问世，显得别具价值。

2022 年 10 月 30 日

目录

沙　漠	001
薇薇安曾来过	021
薄　冰	045
绿鸵鸟行动	065
局部有雨	085
异向折叠	099
蜜袋鼯的夏天	147

沙　漠

崔小鹏，四岁半，四月六号下午两点左右于小星星幼儿园附近走失，至今下落不明，身穿蓝色卫衣和黑色长裤，孩子不擅长与人交流。请知其下落者速速拨打电话……父母心急如焚，愿奉以三万元酬谢……

刘强站在"赣家风味"大门旁，将寻人启事仔细看了两遍。是崔家大娃没错！

"那孩子有点傻……"刘春芳总是这样开头。到崔家做钟点工，是她从玩具厂出来后接到的第一单家政服务，刚开始她羞怯得像一只兔子。那个习惯大着嗓门和刘强絮叨这絮叨那的女人，忽然变得沉默寡言，一度让刘强觉得刘春芳转行做家政实在是拯救了自己。可是很快，他发现了不对劲。

刘春芳不仅不和他说话，连眼神也不与他触碰了。"崔家待你咋样？"那天刘强问刘春芳，等待她回答的间隙，他将头仰靠在沙发上看天花板，上面的一团污渍像一只弓着腰身的猿猴侧影。

刘春芳不作声。刘强收回目光，扭过头看她，只见她的嘴抿得像一根倔强的铁丝，颧骨上卧着一股闷闷的轴劲儿。原本心情轻松的刘强忽然意识到了不对劲，他伸出手臂将刘春芳搂过来，斜探过头看定她。"咋啦？"

不知过了多久，刘春芳身子抖了一下，叹息一般："他不和我说话，也不看我。"

"谁？"刘强挺直身子。

"崔家孩子，他和蒙蒙差不多大，我和他说话，问他什么他都不理我。有时候，我感觉像是蒙蒙不肯理我……蒙蒙肯定在心里怪我……"刘春芳嘤嘤地哭起来，哭得像个四处漏水的旧木桶，破绽越来越多，刘强用啥法子都堵截不住，只好由着木桶里的水淌泻。

刘春芳终于收住泪，可还止不住抽抽噎噎。"要不，暑假将蒙蒙接过来，在这边……在这边找一所私立的……"这下，轮到刘强沉默了。

那天以后，刘春芳似乎恢复了正常，回来会说说三家雇主的事儿，说得最多的是崔家孩子。崔教授在大学教哲学，他老婆是大学附小的老师，姓魏，教语文。"他俩都是文化人，咋把孩子教成那样，一点礼貌都没有……"那孩子成了刘春芳心里的一个梗。

刘强还记得有一天他半夜回到家，刘春芳没睡，攀住他的胳膊，没头没脑地砸过来一句："那孩子有点傻！"那天，刘春芳破天荒给他备了一盘青椒炒猪耳、一盘花生米和一壶水酒，她也抿了一小杯。

水酒仿佛冲开了淤塞的通道、困结的梗。"我终于明白了，那孩子有点傻。除了他爸他妈，他不和任何人说话，每天自己玩自己的，只玩两样东西，一个小羊布偶，一辆小汽车，布偶每天抱着睡，小汽车就不停地转轮子，转啊转啊，可以转上几小时。我真没见过这样的孩子，他从来不拿正眼瞧我，一开始我还以为他害羞，或者是瞧不起我，不喜欢我……他啊，有一次我不小心蹭到墙上的开关，他突然就尖叫起来，发出警报那样的尖叫声，还在地板上打滚。他奶奶救火一样赶过来，说他不喜欢灯有光。灯没光那还叫灯吗？不管天多阴，厨房光线多暗，我都得摸黑切菜，总有一天会切到手的。唉，也不知他家晚上怎么熬……"

刘春芳摇晃着脑袋，摇着摇着忽然笑起来，笑得有些不自然。"他和蒙蒙不一样,蒙蒙打小就机灵的……"笑容涟漪一样在她脸上扩展,可是很快凝固了,"唉,这孩子有病,我今天才知道,他妈说他两岁时还不会说话,带他去医院看了,又去上海找专家看了,北京也去了,说是'自闭症',不会和人交流那种……你说,这么好的人家,咋摊上这么个事……"

那以后,刘春芳又变得絮叨了,说来说去都是崔家孩子的种种怪癖好。她说,崔家打算再生一个,这孩子毕竟是个缺憾,而且崔家人认为,有了二娃,说不定这大娃的毛病也跟着好了。不过,她觉得后者的可能性不大,没准还会让大娃变得更糟。她整天说着崔家孩子,刘强心想,她莫不是将这孩子当蒙蒙了吧。

五岁的蒙蒙在县城上幼儿园,接他来省城也不是不可以,幼儿园收费贵倒没啥,他可以挣,来省城不就是为了多挣点钱,挣钱不就是为了花在孩子身上?可谁来带蒙蒙?他俩早出晚归,叫父母一起过来?他们租住的一室一厅,身子转急了都会撞到东西,父母来了怎么住?还有,蒙蒙快上小学了,没有户口到哪里读?在老家只要舍得花钱,可以读最好的学校……一大堆问题,刘强不能由着刘春芳感情用事。刘强也想蒙蒙,想得心里发苦,可他得忍住,千万不能让刘春芳知道。

下午两点送完最后一单外卖,刘强转到幸福小区的快递点,换韵达快递车,赶送下午那趟货,有二十七单。一眼瞭去,满大街都是活蹦乱跳的孩子,刘强知道,他们不是崔小鹏。

听得多了,刘强已经通过刘春芳的描述脑补出了崔小鹏的形象,木木的,一张缺乏表情和阳光照射的白净脸儿,走路的时候喜欢挨着墙根,两只手臂紧紧贴住身体,小木杆一样向前移动……满大街的孩子,一个也不符合刘强的想象。他们发出夸张的叫声、笑声。他们不是崔小鹏。

等人取货的间隙，刘强掏出手机拍了几张街拍。习惯了，一天不拍他就手痒、心痒。他走街串巷的，适合街拍。他将照片投给一个名为"眼"的街拍微信群，群主每隔几天会筛选出特别的几张做成链接发布，选中的照片会支付不多的稿酬。刘强的图片已经被选中好几次了，每次他都像彩票中奖一样高兴，倒不在于微薄的稿酬，被选中就是奖赏。群主是学摄影的，说刘强的街拍视角、构图、意味很特别，喜欢捕捉动态瞬间，赋予时间流动甚至是动荡不安的气息。

警察找刘春芳问话了。问她四月六号下午一点半至五点在做什么。不知为何，见到警察，刘春芳又成了一只胆怯的兔子，肌肉、骨骼都在隐隐地打抖。她竭力做出镇定的样子，挑起眉毛仔细回想。那天是星期二，惊蛰第二天，她在崔家做了午饭，崔家的饭比较复杂，她先要给月子里的魏老师做产妇营养餐，她记得那天熬的是黄豆猪脚汤，从九点开始熬，直熬得汤汁呈浓稠的乳白色，筷子轻轻一戳猪脚就骨肉分开了才离火。崔老师的妈妈马上督促魏老师喝下了一大碗，四十岁生下二胎的产妇急需这个老方子催奶。接着，刘春芳给一家人做饭，这顿饭也不简单，有两餐饭菜的分量，晚餐崔老师一家只需热热就可以了。从崔家出来，她赶到菜场买菜，下午她得去王老师家打扫和做晚餐。王老师将他想吃的菜单提前用微信发给她了，菜钱也打给她了，她就按着要求去采买。那天王老师点了鸽子汤，鸽子都是摊主现杀的，所以她在菜场里多耽搁了一阵子，出菜场时，她没看表，应该差一刻三点的样子。

"有人证吗？"警察面无表情，在小本子上记着。

"有的有的，菜场很多人都认得我。我一天要跑几趟菜场的。"这一点刘春芳比较骄傲,她素来人缘不错。

"那之后呢?"

"之后我就去王老师家了啊。"

"有人证吗?"

刘春芳语塞了。"王老师在上班,下午六点多才到家。我哪里去找人证……"难道让那锅鸽子汤做证?刘春芳在心里嘀咕。

"你去王老师家走的哪条路,出来走哪条路?"

刘春芳的眼睛瞪大了,嗓门也大起来:"你们不是怀疑我拐走了小鹏吧?"

从崔家出来,刘春芳心里还在叨咕个不停,这警察真是太离谱了,居然怀疑到她头上。那天晚上她接到崔老师电话,才知道崔小鹏失踪了。尽管后来警察脸色缓和了许多,和她解释这只是例行公事,进行外围调查,可这件事还是梗在了刘春芳的心头。她确实到崔家没几个月,孩子不巧就走丢了,可这和她有什么关系,他们去南城打听打听,她刘春芳从来就是循规蹈矩的人,竟然怀疑到她头上,简直岂有此理!

崔小鹏失踪前后的情况,她是经由这两天听来的各种讲述拼凑出来的。崔小鹏进这家幼儿园没几天,崔家的二宝是三月二十号那天剖腹产的,高龄产妇魏老师住了八天院,一家人的注意力都在产妇和宝宝身上,忙前忙后,实在顾不过来,一直因病在家的崔小鹏被送进了幼儿园,一家远近闻名、口碑挺不错的私立幼儿园。

崔小鹏情况特殊,崔老师缴了差不多双倍的学费,幼儿园才答应收他。除了一部分大班课程,幼儿园还专门针对小鹏的情况安排了感统运动课程,这以前都是崔老师夫妇自己在家给孩子做的。幼儿园的老师对崔小鹏挺照顾,可班里的孩子对新来的同学有克制不住的好奇，时不时地伸出小触角来探一探、戳一戳崔小鹏。崔小鹏的反应有两种，要么安静如无物，要么闹出惊天动地的动静。几天观察之后，老师不得不在崔小鹏和孩子们之间划出了隔离区，崔小鹏愿意一个人在角落里静静地玩布偶、转车轮，就由着他，只要他不发出警报一样的尖叫声、不满地打滚就好。

唯有图画课，是崔小鹏乐意配合的课程。奇怪，上第一堂课他就画出了一幅让老师们震惊继而兴奋不已的作品。他画了许多只羊，它们有着棉花糖一样蓬松的体形，弯弯的角，仔细看，每只羊的神态和表情都不一样，它们占满了迷宫一样的黑色甬道。老师大力表扬崔小鹏，崔小鹏无动于衷，目不旁视地继续坐在一边转动他的小汽车车轮。从那以后，每逢图画课，崔小鹏就和同学们靠近了，只不过他单独坐一桌。

那天下午，正好上图画课。老师示范完，孩子们开始在画纸上自由涂画了，这时老师突然接到家里打来的电话，说她的孩子被开水烫伤了。老师走出教室接听，心太急忘了另一位生活老师去拿下午的点心了，于是教室有几分钟处于无人监管状态。

后来回放监控录像，发现有两个孩子探出头去看崔小鹏的画儿，崔小鹏将画儿挪向自己怀里，可那两个孩子没有放弃，头伸得更近了，似乎有挑拨崔小鹏的意思，可录像没有声音，看录像的人不知道孩子们说了什么，只见其中一个孩子凑近崔小鹏，从监控的角度看，两人都重合在一起了。很快，崔小鹏将两个孩子掀翻在地，头也不回地跑出了教室。

大家通过班上孩子们支离破碎的回忆，拼凑出残缺不全的当时的情景，大致是两个孩子冲着崔小鹏叫"傻瓜，傻瓜"，起初崔小鹏面无表情，只是拼命护住怀里的画，两个孩子的声音由小增大，一个甚至凑到了崔小鹏的耳朵边叫"傻瓜！"。一直目不旁视的崔小鹏冷不丁出手，没有防备的同学仰面倒在地上，另一个上去扶他，也被崔小鹏一把掀翻在地。

奇怪的是从大门的监控看，崔小鹏并没走出幼儿园大门，门卫也说没看见那段时间有孩子走出大门。老师找遍了幼儿园的角角落落，每一个柜子都打开了，连小抽屉都没放过，可没有发现崔小鹏。崔老师接到电话赶来，也将幼儿园翻了个遍。崔小鹏仿佛人间蒸发了。幼儿园园长恳求了一晚，第二天崔小鹏的父母还是决定报警……

刘春芳去菜场买菜，摊主们纷纷向她打听崔小鹏失踪的事儿。进门左手边第三家专门卖黑猪肉的孙姐一边麻利地剁肉、称肉，一边跟她闲聊："搞不好是他家生了二娃，这大娃生气了，离家出走了吧？"

刘春芳苦笑，摇头说道："不会不会，那孩子没……"话吐出一半，她住了嘴。

崔家很少带孩子出门，知道他家大娃有毛病的人不多。这要在县城，左邻右舍的肯定没谁不知道，可这是大城市，每一家都守着自家的秘密，不会费神去打听别人家的事。不是这样的突发事件爆出来，你家的痛痒并没有旁人了解。刘春芳拎得清，她已经习惯了城里的生活，从不多话。她的絮絮叨叨只对刘强一个人。除了他，这城市里还有谁会耐心听她絮叨呢？

一晃两天过去了，崔小鹏还没有一点音讯。警察实地勘察了幼儿园的地形，怀疑他是从教室背后的花园后门出去的，那里有个铁门，大半边被铁皮封死了，小半边是两根铁杆，精瘦的孩子挤挤就能从铁条缝里穿过去。后门外不远处有一条小河，连着贤湖公园，公园是开放式的，但午后人不多，喜欢来这里锻炼、跳舞的中老年人，那时多半在家午睡。而且，后门内外刚好没有监控摄像头。

有传言说，崔小鹏很可能失足掉进了河里，说不定被水草缠住了，尸体浮起来怕得等几天。听到这传言，刘春芳心里像有根针在扎。虽然崔小鹏至今不肯与她交流，可她还是从心里生出疼惜来，这么个孩子，孤单单地掉进人海里，若遇到坏人可怎么办啊。

在另一个雇主孟老师家等洗衣机洗被单的工夫，刘春芳将客厅的地面拖了一遍，中途手机"叮"了一声，她没顾上看。给她发微信的人少，除了刘强、蒙蒙奶奶，就是几个做家政的姐妹。她瞟了一眼，是刘强发来的一条链接。肯定是哪个公众号又选了他的照片，他最得意的事就是这个了。

从孟家出来，刘春芳顺路买了馒头和什锦菜，四个馒头她晚饭吃一个就够了，其他留给刘强今晚吃和明天当早餐。在雇主家做一顿饭得花一个多小时，她一个人的晚饭只需要五分钟。电视机打开，刘强不在家的时候她喜欢屋子里有声音，边吃馒头边点开刘强发来的链接。

刘强是个骨子里特别乐观的人。那天刘春芳听见崔老师和魏老师聊天，说国外一项研究发现，人的乐观指数很大一部分由基因决定，和自闭症是由基因决定的一样。有的人乐观指数天生是八，有的只有三，哪怕后天再转变，再努力，也只能提升到五，而不可能到八。刘春芳将这话转述给刘强，刘强嬉皮笑脸地说："我的乐观指数没准有九。"这话刘春芳信，不是乐观指数那么高的人，会自欺欺人地说自己每天满大街东奔西跑主要是为了拍照片搞创作，顺便送送快递、外卖？她不行，她的乐观指数恐怕只有五。一想起蒙蒙，她就有流泪的冲动。

点开链接，刘春芳不紧不慢地往下翻，寻找署名"蒙巴"的照片，那是刘强的"艺名"。蓦地，她愣住了，一张黑白照片被斜分为明暗两部分，在明暗交界处嵌着一大一小两个背影，一个男人和一个孩子。那个孩子，竟然，竟然像崔小鹏！

刘春芳的手抖起来，她将照片放大，再放大，没错，这发型、耳朵的轮廓、微微向左斜下去的肩膀，是崔小鹏没错！照片上只有黑与白的切割，无法提示任何地点信息……

刘春芳颤抖着手拨打刘强的电话，占线；再拨，还是占线；再拨……刘强的电话一直占线，刘春芳心神不宁，一忽儿站起，一忽儿坐下。她想打给魏老师，可又拿不准这照片上面到底是不是崔小鹏，又咋会出现在刘强的镜头里……

电话打进来了，是刘强。"有事？"

"你先停好车，我问你个事。"刘春芳的手不抖了。

"我在餐馆等单，啥事，这么急……"

"你那张照片，一个男人和一个孩子的，什么时候拍的，在哪儿拍的？"

"就这？让我想想，应该是前天下午拍的。在哪儿，在哪儿，我想想……哦哦，好的，是我的单！这时想不起来，等我闲了查一下，你问这干吗？"

"那孩子……那孩子像是崔小鹏。"

手机一直振动，刘强心里暗骂一句，这谁啊，催命似的。在取单的地方停下车，掏出手机一看，刘春芳的五个未接电话，心里顿时一炸，她很少这个点给他打电话，不是蒙蒙出什么事了吧？

照片上的男孩像崔小鹏？！心里又是一炸。

这张照片是在哪儿拍的……在哪儿拍的？一个红灯差点闯过去，幸好后轮压线刹住了。

前天下午他去哪些地方送过快递？他得查查时间，仔细回想一下。

送完手中的外卖，刘强退出了接单软件，将车歇在一家超市门口，借着灯光翻找相册里的照片。

这张照片他处理过，是在筷子巷拍的。正好是黄昏时分，一抹夕阳从侧巷斜射过来，划出泾渭分明的一道分割线。刘强刻意在那儿等了一阵，拍下几个过路人的背影，这一张是最让他满意的。这孩子是崔小鹏？刘强将照片放大，他其实并不清楚崔小鹏的样子，既然刘春芳说是，恐怕就是了。

拍摄时间是六号下午四点三十二分。这个巷子离小星星幼儿园直线距离有一公里的样子，但这一带巷子弯弯绕绕、串来串去的，崔小鹏怎么会出现在这里？那个男人是谁，他和崔小鹏认识？为什么崔小鹏紧跟在他身边？不知情的人，会以为这是一对父子。按刘春芳的说法，崔小鹏可是一个和家人都无法正常交流的孩子，刘春芳为靠近他花了近三个月时间，他会轻易接近一个陌生人？

送外卖有一年了，刘强第一次在晚上九点返家。他和刘春芳一起对着照片琢磨了半天，刘春芳也无法解释这不可思议的一幕，只是强调这孩子就是崔小鹏。

两人决定连夜去崔家，将这事赶紧告诉崔老师和魏老师。俩老师现在每时每刻都站在针尖上，有消息多少是个支撑，是点安慰，也好让他们确认一下照片上是不是崔小鹏，以及是否认识那个男人。

果然，崔老师一家都还没睡。屋里的光线比外面还暗。客厅里的吊灯关着，只开了一盏角落里的立灯，圆筒灯罩上还蒙了一层纱。光线这么昏暗，想来是为了崔小鹏。

不过，今晚这光线与屋内压抑悲伤的气氛相宜。

刘强找出原照片，众人坐在昏暗中传看，看后大家基本认定孩子就是崔小鹏，可男人是谁，没有一个人说得出来。

大家压低声音说话，昏暗似乎让声音裹足不前，总要费点神才能听明白别人在说什么。刘强有喘不过气来的感觉。一屋子人的聚焦点都在他这儿，大家希望他尽量回想起点什么，越多越好，最好是男人的正面，有什么明显的面目特征……可是，很遗憾，刘强想不起更多东西了，他当时完全沉溺在那一瞬间的光影中了。

终于有人清醒过来，拉亮了顶灯。仿佛重回人间。

刘强暗暗舒一口气，崔老师给负责此事的刘警官打了电话，刘警官在电话里询问了半天，刘强并不能提供更多的信息，刘警官答应明天去筷子巷调查。

半夜里，刘春芳忽然发出一声尖叫。刘强浑身汗毛一乍，睁开眼，看见刘春芳坐在床上，头发披垂着在哭。他坐起来搂住她："咋啦？"

刘春芳拿手捂住脸，只顾哭。这女人真是越来越脆弱。刘强有些心疼。好不容易，等哭潮退下去，刘强打湿毛巾，给刘春芳擦了把脸。两人重新躺下来，刘春芳幽幽地说："我梦见蒙蒙走丢了，找啊找，终于在草堆里找到他，我扑上去把他抱住，可是，可是我太用力了，把他的……他的脖子……脖子……给折断了！"刘春芳再一次痛哭起来，仿佛悲伤的汪洋又一次吞没了她。

刘强用手拍抚她的肩膀，一下一下，有些机械，天花板上的污渍忽然像了一个女人，埋头哭泣的女人。用弗洛伊德的理论推论，梦里埋藏着白天发生的事情的线索，用民间的话说，梦都是反的，蒙蒙肯定好着呢。刘春芳的梦无法引起他的共鸣，但这样的哭法，实在让他心烦意乱，他只好一个劲地重复："没事没事，只是梦只是梦……"

刘春芳终于收住了眼泪，刘强忙递过毛巾，接着说："好了好了。"刘春芳现出一丝扭捏的神情，说："最后，我发现……那是个木偶。"

这一句简直要让刘强晕过去，他禁不住在心里猛烈地摇头，一个木偶，也能让这女人哭成这样。女人啊……

第二天刘强特意绕去了筷子巷。第三天刘强也绕到了筷子巷。第四天、第五天……不由自主，只要从附近经过，他就会绕过去，在巷子里转悠一阵。没准，他就能撞见崔小鹏或者那个男人呢。

警察没调查到什么信息，白天守在巷子里的多是老人、抱在怀里的奶娃娃和满地乱跑的孩子。有位七十来岁的老太婆说好像看见过这孩子，可再一追问，就闹不清时间、地点、谁谁谁了。旁边的邻居好心走过来，拿手指一指脑袋，低声告诉警察："老太太脑子糊涂着呢！"也有人说这男人像偶尔来这一带捡垃圾的，也有说是送货的，还有的说是收废旧手机的，警察依照线索去查，不是给否定了，就是找不见人。没有一条线索有用。

就在大家一筹莫展的时候，崔小鹏离奇地回来了。

崔小鹏回来时的情形，刘春芳讲得有声有色。那天崔老师有课，魏老师的小娃出现黄疸，奶奶陪魏老师去了医院，爷爷一个人在家。大概下午三点来钟,他听到敲门声,很轻,开始以为是幻听,魏老师和崔老师都有钥匙,这时间点谁会来敲门?等了一刻,外面又响了几下,他狐疑地去开门,没想到崔小鹏站在门外。

老人家心跳加速,忙不迭伸手去抓他。"鹏鹏,这几天你去哪儿了?"崔小鹏不看他,径自往里走进了卧室。等老人家关好大门,赶过去一看,这孩子仰面朝天地倒在床上,手里握着小羊布偶,已经睡着了。

老人家又惊又喜,急忙四下里打电话。崔老师、魏老师很快赶回来了,看着呼吸平稳、沉入深睡的崔小鹏,心里满是失而复得的庆幸。两人没敢惊醒崔小鹏,仔细查看他的头、脸、手、脚,似乎没有什么异常。再看他的衣服,虽然不像平时在家那么干净,但也还齐整。一翻口袋,里面装了一口袋细沙。

两人面面相觑。崔老师到底是教授,用保鲜袋装了一小袋沙子,拿到朋友那儿去化验,朋友说这沙子很细,不像是这座城市及其附近地带的河沙、江沙,倒像是沙漠里经年累月风化的沙子。

崔小鹏这一觉睡了两天一夜。魏老师除了吃饭,几乎寸步不离地守在床边,她坚持要等崔小鹏醒来的第一眼就能看到她。

崔小鹏终于睁开了眼睛,仿佛这只是千百个普通早晨里的一个,他按照几年来魏老师教给他的方式洗脸、刷牙,然后将小羊布偶端端正正地放在身边,开始转动小汽车的车轮。魏老师一言不发地看着他有条不紊地做这些事,眼睛泛起阵阵潮热,都被她拼命逼了回去。她不敢说话,屏住呼吸,生怕自己一点点突兀吓坏了孩子,也怕眼前的一切只是个脆弱的梦境。

自然,没有谁再提小星星幼儿园,也没人再催促崔小鹏去幼儿园了。二娃还待在医院特护病室里，崔家仿佛回到出事之前的日常时光。

无论崔老师和魏老师怎么旁敲侧击，苦苦探询，崔小鹏对自己失踪的七天守口如瓶，只字不提。这七天，仿佛成了一个黑洞。七天里，他去了哪儿，在什么地方度过的，一日三餐怎么解决，为什么口袋里装满了据说只可能来自沙漠的沙子？

这些都没人能回答。

更离奇的是，崔小鹏竟对魏老师提出了一个要求。

要知道以前崔小鹏是一个不会提要求的孩子，甚至连自己的需求都表达不清楚。他只会重复别人的语言，比如想吃饼干了，他会说"你想不想吃饼干"，想尿尿了，他会说"你想不想尿尿"。"我想吃饼干""我要尿尿"这样的主动句式，在崔小鹏的语言系统里似乎不存在。可是，失踪七天后归来的崔小鹏，突然将盖在身上的被子一把掀到一边，对魏老师无比清晰地说："我盖沙子。"

刘春芳在讲述这一幕时，为刘强进行了情景再现，她一会儿化身崔小鹏，一会儿化身魏老师。"你不知道，自闭症孩子认死理的，认准的事，不依就过不去。你猜魏老师他们怎么办？"

"弄一堆沙子，每天晚上把他埋进去，早上再扒出来呗。"刘强没讲完就笑倒在沙发上，这事想想都挺有趣。

刘春芳擂他一拳头。"还是人家文化人智商高。魏老师先是买了几本跟沙漠有关的故事书，这是铺垫。然后——重点是然后，崔老师搬回家一只骆驼，当然不是活的，也不是死的，是布的，布骆驼，天天卧在崔小鹏卧室角落里。他晚上闹着盖沙子的时候，魏老师就让他转移视线，哄他去骑骆驼。可是，自闭症孩子，不是那么好打发的。你知道吗，崔老师又抱回来一只羊,这次是活的,母羊,养在阳台上,天天喂青草,顺便挤了羊奶可以给二娃喝,魏老师的奶水一直不足。你看看,人家多有智慧!这下小鹏安静了,没事就去摸摸羊,喂喂青草,骑骑骆驼。魏老师还给他新做了一套被套、枕套、床单,上面是她四处搜寻到的沙地里长满仙人掌的图案。这下好了,崔小鹏以为自己真住在'沙漠'里了!"

生活似乎恢复了寻常节奏。可刘强多了个毛病,送外卖、送快递的时候,只要经过筷子巷附近,就会下意识地绕过去。

他有个念头一直没对谁透露,连刘春芳也没有。他想和那个拍进照片里的男人不期而遇。那个男人一定是真实存在的,照片是最有力的证明,不管那一刻光影呈现得多么诡异、虚幻,它是真实的,却又像黑洞一样神秘。如果遇见那个男人,会不会就此解开崔小鹏失踪七天之谜?

这念头让平凡冗长的日子多了点波峭,多了点滋味。

在曲曲绕绕的巷子里穿行,每当遇到前路隐匿在一个弯道背后时,刘强就变得莫名兴奋,仿佛一转过这个弯道,他就会与什么不期而遇。仅仅是不期而遇这个念头,就让他兴奋起来。

听刘春芳说,崔小鹏的沙漠世界越来越丰富了,多了几丛仙人掌、仙人球,有真的,也有塑料的。骆驼栖身的那个角落的墙面上,贴满了崔小鹏画的画儿,相当一部分主题与"沙漠"有关。他回来时口袋里装的沙子,似乎已经被他遗忘了,可崔老师没有忘,他将这些沙子做成了一个沙漏,摆放在崔小鹏卧室的床头柜上。

"这样,崔小鹏又多了一个玩具。"刘春芳总结道。

刘强看得比刘春芳深刻,他想崔老师此举大有深意——也许有一天崔小鹏要找这些沙子,崔老师就可以指着沙漏告诉他,这些就是；又或许，看着这些沙子，崔小鹏总有一天会说出它们的由来，解密那黑洞般的七天。

有一次，一个男人迎面走来时，刘强不由得眯起了眼睛，恍惚感吞没了他。男人擦身而过，刘强才回过神来，第六感告诉他：就是这个男人，就是他！

刘强掉转电动车，慢慢地跟在男人身后。男人往墙上贴东西，隔一段贴一下。等男人拐进了侧巷，刘强才驱车上前，看到墙上贴着"水电修理 电话152……"字样。原来男人是水电修理工。

刘强背下了电话号码。那一刻他并不清楚自己想干什么，在送完两单外卖后，想法已经清晰饱满了。他拨打了男人的电话，电话里传来带点沙哑的男低音，松弛，疲惫。

刘强给自己放了半天假，瞒着刘春芳。他将卫生间的水管弄滑了丝，男人很快到了，骑着自行车，背一个大工装包，腰里别着几样工具。看起来很普通，容易淹没在人群中的那种，胡茬可能有三天没刮了，浑身散发着潦草隐忍的气息。可是他的活计做得细致，反复调试后才收工，顺手还帮刘强修好了进出水不畅的马桶。临走，他递给刘强一张名片，上面写着他的名字：谢小华。

看他修水管时，刘强心里反复回旋着一个问题，是他吗？说实在的，并不能确定。可又有一种强烈的预感在刘强心里翻腾不休。

刘强落下一百来米的距离跟着那个男人。他看见男人去了一个居民小区，大概半小时后出来，估计是另一家上门维修的客户。男人就这样跑了三家，都在城区。近傍晚，男人进了一家抚州大骨汤粉店，点了一碗粉。

这时通常是外卖单雪片一样从天而降的时段，刘强看见穿马甲的外卖员在车流里穿行，仿佛望见一个个自己的分身。在黄昏人流车流交织的混乱景象中，那急速而过的穿马甲的身影，竟让他生出了苍凉之感。他怕错过男人，在路边摊买了个烧饼，就着水杯里的水囫囵吃下去。

男人出来，骑车向郊外去。刘强不紧不慢地跟在后面。在城乡接合部的一片住宅区，男人停下来，进了一座平房。

西方天边的一抹玫瑰红，一点一点往紧收，最后消失在一片布色均匀的瓦灰蓝中。

等了约一刻钟，男人出来了，换了一身衣服，大包没有了，腰里的工具也没有了。男人继续骑车向西。车速渐渐快起来，风将刘强的风衣吹得鼓鼓的。

我大概像一只迎风飞奔的黑绵羊，刘强想。心情竟像风一样轻盈。

走过一截半边修路的拥堵路段，又走过一段坑坑洼洼的柏油路，再走了一里多土路，男人终于在一座带院墙的铁门前停下来，推车进了院子。刘强又往前骑了几百米，掉头。

回到铁门前，院门口没有挂牌，院子里空荡荡的，透出一股萧索之气。大门右边有一座门房样的砖房，亮着灯。男人进去不久，另一个男人走了出来，骑上车哐啷哐啷远去了。

男人坐在屋子里，隔着铁门远远地看不分明。院内左侧有一排平房，好像是遗弃的旧厂房，黑乎乎的，像一排沉默的半蹲的兽。门房背后的院子，似有不小的一片空地，堆着两座高度超过院墙的沙堆。

沙堆让刘强眼前一亮，他仿佛听见了崔小鹏的尖叫声，夜幕中崔小鹏将沙子一把一把装进自己的口袋里。那个傻孩子，难道他将这沙堆当成了"沙漠"？

刘强靠在车座上歇了一阵，不知该何去何从。难怪有人说，谜底近在眼前时，是那么平淡无奇，让人失望。

他准备返城，一辆卡车亮着车灯开过来。近了，从车厢缝隙处，窸窸窣窣地漏下沙子来，像一根断裂的棉线。司机开到铁门前按响喇叭，引擎发出闷哄哄的声响，车轮在原地颤动不已。

犹豫一下，刘强走上前，用手接住一线沙子，拿近眼前仔细辨认，又揣在指尖摩挲几下，是河沙，粗粒的，潮湿的，可能就取自离此不远的赣江边。这不是崔小鹏带回的沙子，不是那种来自沙漠的干燥的细沙。

刘强记得很清楚，刘春芳说崔老师无法相信这是来自沙漠的沙子，他将沙子拿去找不同的人分别检验了几次，得到的结论竟然都是：这不是我们这座城市惯见的河沙、江沙，它们是来自干燥的沙漠的被风碾得细细的沙子。

刚刚还欣欣然的光明世界，一下又坠入了混沌中。往回骑的一路上，刘强心神恍惚，难道自己误入歧途了？

辗转一夜，第二天刘强又给自己请了假，瞒着刘春芳。关于昨天的事，他没对刘春芳透露一句。这是属于他一个人的秘密。

他来到城乡接合部那片住宅区，装作一个远道而来的朋友，向周边的邻居打听那个男人。不出所料，这里居住的多半是短期租户，相互间并不熟识。幸好有一位租户热心地将房东的电话给了他。

房东长期住在上海儿子家。在一番谨慎的交流后，刘强终于让对方打消了顾虑。

"你说谢小华啊,挺可怜的。你是他的老朋友,鹰潭来的?他的故事,我想想是哪一年,前年,还是大前年吧,被晚报记者登在晚报上了。当时还是我劝他接受采访的,我是看他可怜,想着没准登了报能帮他找到孩子,可是没用,十多年了,能找到早就找到了……"

泛黄的报纸散发着陈腐的气息。

在一堆如灰如尘的报道中,刘强找到了男人的故事:男人的孩子,四岁那年丢了。就在他家门口,他老婆上楼做了一顿饭的工夫,就再找不见孩子了。

这些年,男人去过很多地方。只要有线索,他就会出发去寻找。老婆早离开了他,他独自一人,去过新疆,去过黑龙江,去过西藏,去过福建,去过云南,去过甘肃,每去一个地方,他都会带回一捧当地的泥土。他将泥土分别装在一个个瓶子里,瓶身的标签上写着采集它们的地点:新疆伊犁,黑龙江延寿,西藏那曲,福建屏南,云南会泽,甘肃武威……

刘强想象在小屋的一个角落,竖立着一片瓶子的森林。其中有一只,木然地反射着变幻的天光日影,标签尚在,上面用粗体字写着某一个沙漠的名字。只是,瓶子里空空如也。

薇薇安曾来过

从贤士花园去张姨家坐 12 路车。穿过滕王阁隧道就到了抚河桥头，下车绕五分钟细巷子，到张姨家楼下。张姨住在四楼。

每个月第一个星期一，如不是恶劣天气，她都会去看张姨。提几样软口点心，桃酥、蛋糕、绿豆糕、蓝莓饼干，轮换搭配，绿豆糕是张姨的最爱，但不是一年四季都有。薇薇安似乎知道这一规律，平时看到她换衣、穿鞋就急乎乎蹲在门口，伸长脖子等她套牵引绳，逢到这一天她安安静静的。

一抹阳光从窗户折射到推拉门上，柔乎乎一团光晕。薇薇安伏在门边，像斜斜地戴上了一顶镶碎钻的宽檐帽。"乖，我去去就回！"她安抚一声，薇薇安抬了抬头，又伏下去，无精打采的样子。

张姨总是在家的，这是她俩十多年的默契。老式楼房，四面楼体中间夹一个天井，二楼天井是一大片露台，通往各个楼道。一大早，这里就挂满了衣物、床单、被褥。久雨初晴，住在老宅子里的人，像朝向阳光生长的植物，珍惜阳光的可贵。

拐进楼道，光线蓦地暗沉。她用手把住扶手，一级一级往上挪。她见过张姨上楼，用双手把住扶手，拽着身子缓慢上移。平时，张姨难得下一次楼，仿佛搁浅在半空中的船上。

张姨不肯搬家，大儿子苏教授每次回来都劝，电话里也劝，张姨就是不搬。一栋空别墅立在城郊任由灰尘覆盖，那是苏教授特地买给张姨养老的。张姨说，住熟的屋子比哪儿都好。

哪里好呢，屋里的光线不比楼道强，模糊得仅仅看见人影而已。张姨白天不开灯，电视机的亮光略补了些光线。门一开，呼啦啦的声浪扑来，喜剧演员正你追我赶，音量大得磨耳朵。张姨耳朵背了，面对面也得大声说话，或者看口型，张姨能猜个七八。除了睡觉和出门的时间，电视机一直开着，仿佛满屋子有人在说话、走动、嬉笑怒骂，闹腾腾的人间气息。

张姨抚一抚搁到桌上的糕点，糯糯地说："你又讲礼，每次这样，哪好意思。"老派人，这话是回回要说的。张姨转挪着身子想倒一杯水，被她拦住了。她从布包里摸出一个袖珍玻璃杯，里面是泡好的枸杞水，杯底红灿灿的。杯子，枸杞，都是女儿出国前给她备下的。

张姨摸索着将电视机音量调小。她吞下一口水，将嗓子眼里的一股燥气冲下去，这才喘匀了气息，耳朵也舒坦了。搬过一张凳子，与张姨腿靠腿面对面坐下来，双手团住张姨的手："这段时间，咋样？"

"都好，都好。"张姨逆光坐着，花白头发叠着小窗的亮光，一身梦的气息。窗台上摆着几帧带框的黑白照片，照片上年轻的张姨，怀里偎着两个孩子，身边站着一个，那是七岁的苏教授。仿佛一眨眼工夫，她就蜕变成了眼前这个白发苍苍的老太太。

小茶几上，躺着个小黑板，以前没见过。上面用粉笔端正写着：

5月5日　星期一
早上药已吃　1　2

1和2下面，画了钩。笔迹是她熟悉的，娟秀又坚挺，若是有捺的笔画，会拖得很长，颇有黄庭坚一波三折的味道。早年张姨教学生和苏教授认字，久远的一幕幕，幻灯片般晃过。

不觉就静默了。良久，张姨抚一抚她的手，眯细眼睛："我这记性越发不好了。人老了，不中用了，一天吃了几趟药都理不清。小微细心，每次来数药片，发现对不上就着急。我跟她说，弄个小黑板来，一笔一笔记清楚。好记性比不过烂笔头，不是？"

她笑起来，垂下眼睛，光线有些刺眼。

"中华还是每周六打电话？"苏教授的大名叫苏中华，在北京一所大学教书，是博士生导师。

"是，这两天在深圳讲学，昨晚八点打的电话，说饭吃了一半溜出来的，再晚怕我睡下了。我说你忙，就不用打来，你不打来，我就知道你在忙。他说，忙又能有多忙，你肯定等着这通电话呢。我哪里就惦记了，一天一天，日子好打发得很，想睡了就睡一阵，醒了就坐一阵，也在这屋里走一阵，不知不觉，天就黑了，一天到了头……"

"小微来得勤吗？"

"她媳妇刚生了宝宝，这一阵子忙，那么丁点孩子最是磨人了，又生了黄疸。她说等孩子百日了，妥当了，就抱来给我看。"

"那我这阵子多来看你。"

"别别，我知道你跑一趟不容易，还有那什么薇薇也离不开你。"

"薇薇安每次好像知道我来干吗，一点不吵。要是平时啊，不带出门肯定不依的，也是个犟妞儿。都怪素素，给我弄来这么个尾巴，甩也甩不脱。"

"薇薇好，薇薇是个伴儿！我是年纪大了，自己都顾不过来啰，要是年轻二十岁我也养的，动物有灵的……"

张姨见过薇薇安的照片，她翻手机给张姨看的，也讲薇薇安的糗事、乐事。自从有了薇薇安，她拍的照片大半以它为主角，原来喜欢的花花草草都退居二线了。

电视里有个男人在哭，咧开大嘴，捶胸顿足，哭得十分夸张。一个小品演员演的，仿佛哑剧。两人望着屏幕，半天没言声。张姨忽然幽幽地说，"那个老头，八十二岁，住在三楼，昨天走了。"

她掉转目光，像没听明白。张姨平静地望着电视机，像在解读屏幕中男人的悲伤："前几天我下楼，碰到他。他小我五岁。我觉得自己也活够了……反正，迟早的事。"

她语塞，轻轻摩挲张姨的手背。干涩白纸一般的皮肤，散着朵朵老年斑。她还没有，不过迟早也会有的。迟早。她也想通透了，随时可以撒手的，除了还没看到素素的孩子，总归怀了些期待。

"今天不早，明天不晚。"张姨慢悠悠地说，扭过头来，冲她笑一笑，眼角堆起细纹，箭镞一般，却又那么柔细。

张姨留她吃饭，她自然不肯。张姨的小女儿小微每周来看张姨两次，送些做好的菜食过来，放在冰箱里。老人每餐焖点饭，饭上搁点熟菜，再加两瓣西红柿、青菜叶，就着蒜子头吃。或者，不想焖饭的时候，下碗面，吃些点心。钙片和维生素片，这个买，那个也买，可老人哪里吃得多少，多了反是心头累赘。张姨是素俭惯了的人，到老，越发地俭省，仿佛多吃一粒粮食都是浪费。苏教授赚了再大的名声，有了再多的钱，对于她都是一样的。今天不早，明天不晚。这俭省的语句，何时成了她的口头禅？

张姨一定要送她出门，每次都这样。站在楼梯口，看她一级一级往下，头越来越偏，直到她移出视线，张姨的声音还在头顶上响："慢点，小心脚下。"

走出楼道，光亮凶猛而来。天井里，几个老人带着孩子晒太阳，一个孩子刚学步，踉踉跄跄、歪歪斜斜地走，每一步都惹出一串笑声。阳光煦暖，包裹住身子，她长嘘一口气。

站了一刻，看孩子迈出的每一步，心里为小人儿捏一把汗。时间长了，觉出阳光的力度。不经意地仰头，她瞥见了半空中的影子，张姨从窗口探出小半个头来，在望她。

她的心忽地失重一般，赶忙冲半空挥一挥手，转身下台阶。疾走出巷子，才慢下脚步。

每次来，她仿佛去见去世多年的妈妈。姐妹俩长得像。也仿佛是与数年后的自己会面，唯一的不同，恐怕是她身边还有薇薇安。

哄薇薇安进太空舱包，花了不少时间。出门时七点过了，再晚，就赶上早高峰了。她走得急，大裤脚搅起两团风。

怕薇薇安闷，太空舱包背在前面，她将侧口打开，边走边伸手抚摸薇薇安。薇薇安试图从窗口钻出来，被她手势温柔地按回去。几次三番。

等红绿灯的时候，她一偏头，看见薇薇安半卧着，抬起头来望着舱外，蓝眼睛里都是好奇。到车站，薇薇安似乎适应了移动的宫殿，不再发出绵密的叫声。她打开舱内的电风扇，悄悄关上了窗口。

她和薇薇安吸引了不少目光，这让她有些不自在，也只是眨眨眼的工夫，很快就镇定了。年轻时，高身量的她总是一路目光的焦点，早习惯了。只是太空舱让她感觉古怪，仿佛身体长出了一个大瘤子，还招摇过市。但是，她承认，素素托人买的这个太空舱包真是好，解决了大难题。

她总是错开清明节，选择在老宋走的日子去看他。退休最大的好处，就是可以自由支配时间，而不是被时间支配。往年，她坐的士去西山，薇薇安不能上公交车，哪怕安了牵引绳，抱在怀里，司机也不让上车。一来一去，两百元是止不住的。太空舱包让她可以和薇薇安一起安安逸逸坐公交车去看老宋。为了测试这包是否管用，她已经坐过一次短程公交车了，司机没拒绝。

薇薇安是素素抱回家的，在老宋走的第二天。素素说，她从殡仪馆回上米窝拿东西，在大桥桥墩旁的废墟上，看见了它。小猫的眼睛像两颗钻石，在昏暗中闪烁。素素看见它的一刻，它也望着她，她心里一动，忍不住伸出手去，冲它勾动一下，小猫就毫不犹豫地跑了过来。一只小奶猫。她蹲下身子，抚摸它。忽然感觉坚硬的世界变得柔软了……

若在平时，她会嘲笑素素这个文科生不可救药的浪漫。可素素说，有那么一瞬间，自己几乎可以肯定是父亲的灵魂附在了这只小猫身上，它才会那样望着自己。

那恐怕是她这辈子最虚弱的时刻，她一点不打折扣地相信了素素的话，带着怜惜接纳了小猫。那时，它还不叫薇薇安。

很久以后，悲伤已经被时间稀释，她带薇薇安出去散步。一位超级猫迷喋喋不休地说，这是一只暹罗猫，是来自泰国宫廷和寺庙的贵族猫，它怎么会是一只流浪猫呢……她想起来，薇薇安被素素抱来给她的时候，毛色像奶油一样顺滑、干净、体面，确实不像流浪猫。否则，有洁癖的她，不会那么轻易就接纳它。

这是一趟从容的行程，她和薇薇安可以在西山待满一天，夕阳下山的时候再回。她为薇薇安准备了金枪鱼和鳕鱼味猫条，还有一盒猫罐头。至于她，一个面包就行。

临上车，她将太空舱移到了背后。车上人不多，她坐到最后面的角落，将包取下来，让薇薇安和她并排坐着。

怪她不够谨慎，怕薇薇安闷，将窗口打开来。薇薇安撒娇似的"喵喵喵"个不停，她再想关上窗口已经来不及了。前排那个体形肥壮的女人，粗着嗓门嚷道："还有没有社会公德了，猫啊狗啊都上了公交车……"

她本想忍忍，还有两站路就换车了。可女人不依不饶。薇薇安似乎感受到了气氛的紧张，前爪不停地抓扑球形舱，似要扑向女人。女人从座位上跳起来，颠动的一团波浪似的涌去了前面。车到站，司机扭过头大声说："谁将宠物带上了车，赶紧下车！"

她紧一紧喉咙，终是没出声，提起太空舱包下了车。站在一地碎金似的阳光里，望着公交车远去，心里翻涌着委屈。她想起了老宋，若是他在，哪容得她受这份委屈。

"胖女人，不是心宽体胖吗，心眼那么窄！有什么好怕的，一只猫能吃了你？家养的猫，打针、除虫，一样不落的，我家薇薇安比你干净多了，是吧安……"她絮絮叨叨往前走。

起初，出门时她把薇薇安抱在怀里，小心翼翼端着。薇薇安好动，总想落地，她就给它穿上鞋套。薇薇安的鞋套有红、蓝两色，厚、薄各两套，适合一年四季换洗。每次回到家第一件事，就是脱下薇薇安的鞋套洗干净。薇薇安的毛发也容不得一点脏，发现了就赶紧洗澡。和薇薇安相处了三年，她才允许薇薇安上她的床睡觉……那么爱干净的她，别人嫌弃薇薇安，就是打她这个主人的脸啊。

不尴不尬的两站路，她不想打车，背着薇薇安，走出了一身细汗。在路边歇一歇，太空舱包搁地上。薇薇安卧在舱里，非常安静，一脸忧郁地与她对视。她心里一疼，"没事没事，这点路。想当年，我爬梅岭可以不歇气到山顶的。"她故作潇洒地一挥手，一甩头，活泼泼地扭动两下身子。薇薇安"喵"一声，表情松弛了。

城郊，没什么人，天地属于她和薇薇安。她索性开启平时的散步模式，打开窗口，和薇薇安说话。

"这是石榴花，安，你见过石榴花吗，红得辣眼睛吧？等等，我来拍一下，这朵石榴花开得真好看……这是芍药，和牡丹很像，不过她是草本的，牡丹是木本的。你和她合个影吧，不能出舱，就这样，就这样。别说，这个球形让你的眼睛显得特别大，特别亮，猫面芍药相映红，看，漂亮吧……苦楝树都开花了，特别香。你肯定闻到了，素素说猫的嗅觉是人的三倍，好闻吧……"

谨慎是必要的，临上车，她将准备遮阳的围巾盖住了太空舱的顶部，像围了披风。快速上车，刷卡，直奔车后部。车上没几个乘客，都集中在车前部。她像一个怀揣秘密的孩子，小心翼翼、一声不响地和薇薇安待在车尾。薇薇安稍有动静，她就将一根手指竖起在嘴唇前。

下车时，她排在最尾。一个面色黎黄的女人站在她前面，忽然扭头冲她说："你的猫真好看。"

她乐了，夸薇薇安比夸她本人还让她受用。她知道，7岁的薇薇安已经出落成一个美人了，耳朵、面部中心、尾巴和四肢顶端的颜色越来越深，呈巧克力色，而身体的其他部位是奶油巧克力色的，一双蓝眼睛深邃、神秘，像迷人的梦境。她带着薇薇安出去散步，附近的人都叫它薇薇，赞这猫咪漂亮。薇薇安不喜欢陌生人靠近，浑身透出一股高冷之气。只有她知道，薇薇安温顺着呢，娇憨着呢，会耍宝着呢，虽然有时有点子犟。

两根香烛，一包纸钱，还有素素的信。每年，素素都会写一封信，若人在异地，就提前寄给她。像个仪式。出国前她将信藏在了书桌抽屉里，前天在电话里才告诉她。她不拆这封信，这是他们父女俩的悄悄话。她也有很多话对老宋说，哪怕和女儿的重复了，那也是她积攒了一年想对他说的话。他觉得磨耳朵，也就忍耐这一天吧。他不是忍耐了她三十多年，早习惯了吧。

不习惯的是她。很长时间，她不习惯，空荡荡的家，空荡荡的沙发，空荡荡的餐桌，空荡荡的床，空荡荡的手，空荡荡的心。空荡荡的春天和空荡荡的冬天。幸亏有薇薇安，填补了许多的空荡荡……很长时间，她觉得老宋没有走，她将薇薇安当作老宋，对它说话，同它散步，抚摸它，责备它……惯性是一种可怕的力，须得有什么接住这力，承受这力，日子才不会坍塌。

以为不会弥合的伤口，也弥合了。至少表面如此。她又变成了那个独立强大的女人，甚至更强大，仿佛没有什么再能摧毁她。

她坐在老宋面前的时候，也不再悲悲戚戚了，心情低沉却又清凉旷远。她再也不着急了，还有什么可着急的呢？该来的自然会来，赶早一步也躲不过去。

老宋第一次化疗出院，她以为一切都安妥了。鼻咽部那个小小的恶魔，已经被消灭殆尽。她不知道，恶魔已经在老宋的身体里产卵，它们借助老宋身体的活力孕育，孵化，成长，壮大。老宋硬撑着陪了她五年，不是她陪着他。她知道老宋尽力了，豆大的汗珠凝定在额头上，喉部已发不出声音。她真的心疼他，泣不成声："你安心去吧，我马上来找你……"

"别说傻话，好好陪着女儿，帮我多看看外孙。"老宋在纸上写下这几个字，耗费了他不少力气。她点头，眼泪啪嗒啪嗒砸在纸上。

这张纸条，她收好，没有交给素素，她不想女儿背负什么往前走。那只是老宋的心愿而已，他们不能框束女儿，谁也不能代替谁生活。

她和老宋絮絮叨叨，磨蹭到夕阳隐没不见，光线里再不见一丝暖黄了，才和薇薇安起身离开。

她将太空舱背在胸前，又欣悦又疲惫地沿着坡路往下走。灌木枝不停地扫着她的大裤脚。路边蓦地出现的一丛月季吸引了她，暗红色花瓣，花型紧凑精致，细看有丝绒的质感。

她忍不住拍了几张照片，今天没带相机，手机的分辨率在将晚时分越发不给力。几张都不满意，她换了几个角度，一不留神，脚踩下了砖道，歪进石缝里。再往前走时，她才发现脚踝那儿隐隐作痛，勉强可以挪步，只是速度慢下来。

门口的店铺都关门收摊了，停车场只剩孤零零一辆公交车。幸亏赶上了。

只有她一个乘客。脚伤分散了她的注意力，她忘了拿围巾将薇薇安藏起来，司机没说什么，等她缓慢地上车，刷卡，在座位上坐稳了，才将车发动。

乡道上的太阳能路灯亮了，远山的剪影衬着淡蓝色天幕，显得十分静谧。到了夜里，收留了那么多魂灵的西山会热闹起来吧，月影之下，是他们的世界，老宋的世界，她未来的世界。

司机告诉她，她要转乘的那趟车，收班时间略晚一点，她还能赶上。她不怕，赶不上也没关系，总有回去的法子。

等车的时候,她在路边花坛沿坐下来。打开包的窗口,让薇薇安探出头透气。薇薇安一直"喵喵喵"叫个不停,它大概饿了,也累了。这时她才感觉到了疲惫,仿佛将积蓄了一年的气力都花光了。脚踝处胀疼,估计肿了。

薇薇安拿前爪抓挠球形舱,一下一下。顺着它的视线看过去,她看见了路边墙脚下有个黑影子。

心里一炸,看看前后左右,除了偶尔驶过的车辆,路上没有一个行人。

定一定神,扭过头,盯着黑影又看了看。影子体形不大,借助晃过的车灯,看起来像是一个孩子。球鞋在灯光下显出两道亮眼的弧线。

犹豫一刻,她还是用手撑住膝盖,将身子拔离花坛。往墙边走的时候,她将太空舱抱在胸前,一只手搭在了舱门那儿,随时准备放薇薇安逃生。

是一个男孩,五六岁大,深色T恤,深色长裤,头发遮住了额头。薇薇安在太空舱里不安地跃动,吸引了男孩的注意。男孩盯着薇薇安,她盯着男孩。不像是在外流浪很久的样子。

"这么晚了,还不回家?"她蹲下身子,将太空舱放在地上,薇薇安居然朝男孩伸出一只前爪。男孩将目光从薇薇安身上拔出来,望向她,不说话。

"迷路了?你家在附近?来,我送你回去。"她站起身,朝男孩伸出手。男孩没有动,与薇薇安对视着。良久,他伸出一根手指,搭上了薇薇安的前爪。

她提起太空舱,将薇薇安重新抱进怀里,男孩这才磨磨蹭蹭地起了身。

"你家在哪？"她拿手指路的左右前后，男孩摇头。

"你不知道家在哪？"她俯下身子，男孩垂下头。

"迷路了？记得你家住在哪个村，或哪条街吗？"

"光明村。"男孩声音很小。

"光明村？"她咂摸一下，才确定是光明村，可脑子里一点概念没有，这一带她不熟。看来得打110。

公交车的两朵灯光摇摇摆摆地由远而近，停在路边。司机打开了车门："走吗？最后一班了！"

"您知道这附近有个光明村吗？"

"这附近，好像没有……我也拿不准。你们走吗？"

她犹豫一下，将男孩推上了车。她抱着太空舱缓慢地走到车后座，将太空舱搁在旁边的座位上，男孩紧挨太空舱坐下来。薇薇安立刻伸出前爪搭在他的腿上，男孩和猫默声互动起来。

车厢里只有他们三个乘客。明暗交替的光影像流动的河，冲刷着他们。她心里竟然一点不焦急，这平白多出来的一个孩子，无根无由的。他等在她必经的路上，她一年一度去看老宋的路上。这想法，让她心里一阵悸动。

看男孩这样子，大概饿坏了，他和薇薇安都急需一顿饱腹的晚餐。

遇到男孩之前，她没想过自己会带一个陌生人回家，尽管他是个孩子。她的洁癖不轻，老宋忍受了很多年，如果不是足够的爱，她不知道他会不会满腹抱怨，可他们相安无事地度过了三十多年。在薇薇安之前，她不会轻易接受一个外人介入她的生活，也许是那时她还不够老，还不够悲伤，还不够顺其自然。现在，她心里没有一点磕巴就将男孩带进了家门，还带着奶奶般的慈祥为他做饭，她觉得这一刻老宋在天上看着她。

男孩显然饿坏了，将一大汤碗面条、两个荷包蛋，连汤汁一起送进了肚子里。她笑眯眯地看着他，又将自己的面条匀了一半给他。男孩没有吃完，他打着饱嗝，又将目光投向了薇薇安。

薇薇安似乎也惦记着男孩，舔一口食，扭头看一看男孩，似乎怕他悄悄溜走了。也是难得。她慢吞吞地将半碗面条送进嘴里，也许是饿过了劲儿，她边吃边看男孩和薇薇安玩耍。她这下相信人与动物的缘分了，薇薇安对那么多人摆出一副拒人千里之外的样子，对男孩却没来由地自来熟、人来疯。

孩子与动物还真是相宜，怎么看都像一幅画。

没有孩子穿的衣服，她从柜子深处翻找出素素小时候的一件白色T恤、蓝色短裤。她本想帮男孩洗澡，男孩说自己会洗。薇薇安一直蹲在他身边，最后变成了她被关在浴室门外，隔门听里面的笑闹声、戏水声。

她听了一阵，兀自摇摇头，去给男孩铺床。

回到客厅，还没洗完。她坐在沙发上，听见门响，湿漉漉的薇薇安跑到她脚边，心不在焉地蹭一蹭她的脚，又跑走了。抓挠门的声音，开门、关门的咔嗒声，笑闹声。

不是说暹罗猫是最忠诚的猫，"猫中的狗生"，这么快就移情了？她被这念头弄得想笑。笑闹声是好的，哪怕声音很小，也将这屋子充满了。恍惚回到了很久以前的时光。

那晚，她失眠了。男孩倒是睡得快，沙发那儿传来轻轻的波浪卷沙滩般的鼻息声。薇薇安也累了，不肯进窝，睡在沙发边。屋子里唯有她清醒着，再细细回味一遍和老宋说的那些话，仪式一般。

她和老宋说了女儿的现状。每周六女儿会和她准时通电话。

虽然嘴上不承认，可素素这通电话是她每个星期的期盼，仿佛时间的节点，让她知道时间是有头有尾的，而不是漫长单调、有去无回的射线。

"老宋，素素还没遇到真命天子。咱们别着急，顺其自然吧……她没我那么幸运，十九岁遇到你，遇到就认定了……肯定有适合素素的人在前面等她，你要好好保佑她哦……"

时间足够，她慢慢说。

半年前她查出高血压，一直身形苗条的她竟然会得高血压，她压根不能相信，可医生说高个子容易得这病。她买了测血压仪，早中晚三次，测了半个月，不得不面对现实，每天起床后吃一次降压药，饮食越发清淡，辣椒彻底退出了餐桌。

三个月前，薇薇安的一只眼睛红肿发炎，她怀疑是散步时染上了什么脏东西，一天几次拿棉签清洗，不见好转，急得不行。她没进过宠物医院。素素出国前，薇薇安的大小毛病都是素素解决。好不容易等到素素的电话，她将薇薇安的症状说了，转天素素的朋友送来了药，一种药水滴眼睛，一种药片磨粉喂服。素素也急，一天一个电话，开着视频看她喂药，不出三天，薇薇安恢复了正常。

素素有机会去美国交流访学两年，来征求她的意见。她知道女儿想去，又担心她。她逗弄着薇薇安，不看女儿，怕女儿看出她眼睛里的不舍："不就两年，你去，有安陪我。"

"安毕竟……"

"你不是说安的身体里，住着你爸的灵魂？"薇薇安闭着眼睛享受她的抚摸，一脸陶醉。这是它最不高冷的时刻。"国外能打微信电话吗？"

"有网络的地方就行。"

"那更没问题了,每周记得给我打个电话……"

真得感谢网络,天涯若比邻不是句假话。不知从什么时候开始,她也喜欢一天到晚开着电视机了。很多时间并不看,只是由它开着。她发现薇薇安居然爱看动画片,电视机就长期定在了动画频道。她有时也陪着薇薇安看,薇薇安蹲坐在沙发上,有时蹲在茶几前,看得眼睛一眨不眨,活像个入迷的孩子。

说到这里,她呵呵呵笑起来。躺在她腿上的薇薇安,抬起头,一脸探究地望着她。"说你呢,安。"她摸一摸它的头,薇薇安似乎听懂了,嘴角微微咧开来。

猫会笑,薇薇安会笑,这一点她在薇薇安刚来家的时候就知道了。那时它还是一只小奶猫,整天吃了睡,睡了吃,她常常趴在它身边,脸对脸看着它,忽然,睡梦中的它咧开嘴笑起来,婴儿一般无邪。她的心蓦然间像化冰的春水,冰凉又柔软……

窗帘外见了白色光亮,她才蒙眬睡去,浅浅的一觉,醒来时晨曦已至。

按照惯例,这一天是薇薇安的生日,素素初见薇薇安的日子。今天,因了男孩的出现,自然有了不一般的意味。她起来,男孩还在酣睡中,薇薇安只抬了下头,她轻悄悄地换鞋,出门。薇薇安没有赶路。

她去菜场买了活鱼,让店主剁成小块,去宠物店给薇薇安挑了个玩具,这是每年必有的生日礼物。仪式一般。买了半只鸡,一根猪排,一小坨牛肉,平时她不吃牛肉,嫌火气大。转到侧门口准备出菜场时,又在水产柜台买了半斤基围虾。转出菜场,去东南饼庄买了个小蛋糕,店里的女孩问她过几岁生日,她伸出七根手指,一晃薇薇安到她家七年了。

"你叫什么？"男孩盯着蛋糕的眼睛发亮，她给他盛了一碗鸡汤，"蛋糕，咱们中午吃。"

"彭伟杰。"男孩咬着鸡腿，含混地说一句。

"伟大的伟，杰出的杰？"她将鸡肉剁碎了，搅拌在猫食里，薇薇安爱吃。

"彭晏伟的伟，李连杰的杰！"男孩的眼睛晶亮。

她不知道彭晏伟，知道李连杰。大概都是电影明星。"你上学了吗？"

"上一年级，光明小学。"

对了，光明村，这光明村到底在哪？她得将孩子平安送回家，他爸妈肯定急坏了。"你怎么没上课？"

"邓老师病了，住院了。李老师被抽去出卷子了。"

"那没有别的老师代课？你们班都放假了？"

男孩嘿嘿笑起来，露出一对虎牙："我们学校就我一个学生，两个老师，没别的老师了。"

她一惊，不相信，一个学校就一个学生、两个老师？她不知道男孩的话是不是可信，可他不像说谎，也不是呆笨的样子。

"你爸爸妈妈呢，你出来他们知道吗？"

男孩收了笑容，低下头，拿指甲刮擦塑料桌布。

"他们不知道是吧……那你是怎么来这里的？"

男孩抬起头来："坐车，公交车。"

"你来这里做什么？"

男孩迟疑一下："找妈妈。"

"你妈妈不在家？"她有些明白了。男孩不说话。

"你坐了多长时间车？"

"不知道……嗯，很久。"

男孩没有说谎。她破天荒主动给素素打了电话，素素还以为她或是薇薇安出了事，她将遇见男孩的经过原原本本说了，素素答应找人去打听。还真有个光明村，村里的希望小学只有一个学生、两个老师，这事儿前不久晚报还报道过。现在的教育政策是只要村里有一个学龄孩子，学校都要保留。其他孩子都随父母去了外地，小杰的妈妈和爸爸离婚几年了，妈妈在省城，爸爸常年跑运输，全国各地跑，他平时跟着爷爷奶奶生活，成了村里唯一的学龄期留守儿童。

光明村与城区有一条公交线路。小杰以为坐着这趟公交车，就能到城里见到妈妈。可他坐到终点站，才发现城市太陌生了，大得让他迷茫、恐惧。他看见的每个女人都不像妈妈，小杰已经有两年没见过妈妈了。

素素的朋友帮忙联系上了光明村的村主任，又问到了小杰妈妈的电话。

她和小杰妈妈约在人民公园见面，她不想随便让陌生人进家门。

小杰硬要背着太空舱包，包比他的身子骨还宽，他也不嫌吃力，一路走一路伸出手不停地逗弄薇薇安。

进了公园，她给薇薇安套上牵引绳和鞋套，由小杰牵着，往中心广场走。女人等在那里，从路边座椅上站起来。小杰远远地停下了，薇薇安回过头看他，绳子绷成一根直线。

"杰杰！"女人迎上来。小杰转身就走，薇薇安不动，他丢开牵引绳，跑远了。她没想到这一幕，小杰来省城找妈妈的，不就是想见到他妈妈吗？她本想给小杰一个惊喜。

女人打扮很洋气，头发染成姜黄色，看起来和城里女子没什么区别。"幸亏您遇见了小杰，那天我接到爷爷的电话，一宿没睡，万一他……"女人眼圈红了。

她比女人高出一个头来，不肯说一句安慰的话，她无法理解能狠下心丢开自己亲骨肉不管的女人。

"你有多久没见小杰了？"她知道自己的语气生硬，带了居高临下指责的意味。一定很久了，否则小杰不会这样。

女人咬紧下嘴唇，声音低下去："两年。"

"难怪！"她抱起胳膊，薇薇安焦躁地蹈着碎步，一个劲儿朝着小杰跑走的方向。

女人的脸涨红了，欲言又止。红通通的耳朵，让她心里有些不忍，也许女人有自己的苦衷，有哪个女人真舍得丢下自己的孩子？

她松开牵引绳，薇薇安一定知道小杰在哪，小杰也不会不管薇薇安。他说不定躲在哪棵树后面，正看着她们。

女人的目光随薇薇安往远处去。叹一口气。她还是伸出手，拍一拍女人的肩膀："你知道吗，村小只有小杰一个学生，一个学生啊，你想想他有多孤单。他有多孤单，就有多想你。要不，他不会一个人冒险坐车来看你，这么大的城市，他认识谁，只认识你啊！"

女人抬起胳膊，捂住脸。姜黄色的头发颤动着，像一朵无助的残菊。有一刻她想伸手抱住这个女人，可她没有伸出手去。

两天后，小杰和妈妈上门来道谢。小杰换了一身新衣，背着新书包，眉眼活泼泼的，像换了一个人。她忍不住看了又看，从心底里欢喜，这是一个孩子该有的样子啊。

薇薇安居然因为小杰的离开蔫了两天，这时仿佛人来疯的孩子，雀跃地左扑右跳，全然没有了高冷之气。原来猫与人是一样的，心随境转，藏都藏不住。

小杰妈妈说下学期争取将孩子转过来，小杰竟然第一次爽快答应了。"他呀，多半是因为安。"小杰跟着她这么叫薇薇安："安，跳一个。安，打个滚。安……"

屋子里又安静下来，薇薇安和小杰的笑闹声仿佛还滞留在室内，刻印在她的耳膜上。居然有些不适应，很久没有这样的感觉了。这感觉让她体味到自己还活着，还可以牵挂，还能够遗憾。

她站在老宋的像前，点燃两支香，轻声说，谢谢你。

洗脸的时候，她发现右手背靠近虎口的地方，多了一朵斑。真的是一朵，花开的形状，微小的花。

她盯着它看了很久，拿手反反复复地摩擦，希望能像抹去污渍一样抹干净。它是夜里开的，像昙花却又不是昙花。

就是在那天，她接到小微的电话，张姨走了。小微按例一早打电话过去，没有人接，她赶过去，身体已经冰凉了。张姨头朝外脚朝里躺在卧室门口，医生说可能是心梗。

遗嘱立好，有不少年头了。张姨一直是不愿意麻烦子女的人，生前不肯，身后更是不肯。甚至她说连墓地都不必置办，她的丈夫、苏教授的父亲去往另一个世界快五十年了，老家的墓地早被岁月抹平湮没在了野地里。每年清明，不过冲着那一方位遥遥祭拜下。张姨常说，所有仪式不过是一种念想，形式大可不拘，心意最为重要。

按张姨的意愿，她的身后事由小微简单操办，可苏教授和弟弟还是拖家带口从各地赶回来，林林总总三十来口人，加上各自的老同学、老同事、老朋友、学生，告别仪式来了上百人。算得上隆重。

她站在人群中，望着灵堂正中的张姨，被黑白定格的张姨笑得慈祥安然，唯有家人知道，这个看起来瘦小柔弱的女人，在丈夫病逝后向亲戚借了七十二元，置一口木棺将丈夫体面地安葬。六十年，她送走了三位老人，抚大了两个儿子、一个女儿，娶进了两个媳妇，带大了四个孙辈，将他们送至荣耀或平凡的轨道，送至天南地北……

苏教授遵照张姨的遗愿，将骨灰一部分洒进了赣江，另一部分和几件张姨的遗物，放进了西山的一处墓穴。她没有去西山，但陪伴了张姨最后一程。粉末随风飘逝，散入空气，散入江流，顷刻消泯不见。这是所有生命的归宿。

花，接二连三地开在她的手背上、手臂上、脸上、脖子上。慢慢地，她适应了它们的存在，习以为常，不再惊心。让她惊心的，是薇薇安的衰老。

小杰每周末来她家玩。今年他就要小升初了，课业紧，但他还是会跑来，有时只能待几分钟，就要去上补习班。他给薇薇安带来玩具、吃食，用他的零花钱买的。可薇薇安玩不动，也吃不了多少了。它的听力大不如以前，有时唤它几声，它似乎才回过神来。它眼睛里的蓝色掺进了越来越多的灰。

多年前那位猫痴对她说，暹罗猫养得好，最长可以活十五年。她一直以为薇薇安可以陪她走到人世的最后一刻，那是她的自私。

早两天，薇薇安就不进食了。素素怕她伤心，想将薇薇安带走，被她拒绝了。她每天给薇薇安擦洗眼睛、耳朵，抚摸它的身体。薇薇安的皮肤变得又薄又干，每一下抚摸都让她心疼。她听从素素的建议，给薇薇安开出了一个进出的小门。她等着命定一刻的到来，恍如多年前。只是多年后的她，披挂了一层透明柔韧的铠甲。

一天早晨,她走出卧室,猫窝里空荡荡。

家里的大小之物,还有空气中浮漾的气息,都在诉说着:薇薇安曾来过。她不知道,这气息经过多久会消散殆尽。

那一年,她独自去看老宋。没有了太空舱的负重,身心显得那么空旷,每一步都走得轻飘。

火苗舔舐着纸钱和素素的信。素素怀了孩子,没法和她一起来看老宋。望着蹿动的火苗,她忽然伸出手去,从火焰中捞出了素素的信。

她撕开信封,火舌只来得及烧去信纸的一角。素素在信里说了怀宝宝的事,她说直觉是个女宝。也说了薇薇安的离开。

字越来越漫漶不清……她早该想到的,是老宋……

火苗吞噬了纸页,信化为了灰烬。她望着那团灰烬,努力回想。那时,老宋已经瘦成了一副骨架,走不了几步就喘得厉害。是哪一天,他趁她不在家时,摸出了门。又是在哪家店,他和素素为她挑选了薇薇安。哦不,那时它还不是薇薇安,也不是老宋,它只是一只娇弱的小奶猫。

她仿佛看见老宋选猫的样子,眉心打个结,嘴角微翘,挂了莫名的笑意,用手指点着,仿佛在说:这只不行,你妈不会喜欢,这只也不行……这只,就这只,你妈肯定喜欢……

现在,薇薇安也走了。只剩下她。再没有人为她铺好后面的路了。

那晚,她大哭了一场。

素素想她搬过去一起住,她没有答应。她说了张姨的例子,独自生活没什么不好。对于即将降生的孩子,她心里期待着,却构不成牵绊了。"今天不早,明天不晚",时常在她脑海里回旋。她甚至越来越盼望与老宋见面的日子，他们会相拥落泪，还是相视一笑呢？至少，她会和他说说薇薇安的事儿。

起初，她叫它"宋"。每唤它一声，就仿佛还在以前的日子里。大概一年后，她重新端起相机，开始有了心力用镜头去捕捉他物之美。以前是老宋陪她，跑这里，跑那里，由着她的心意。后来是薇薇安陪她，由着她的心意，但她和它只在家的周边散步，最远不过是到西山。

然后的一天，她读到了薇薇安·迈尔的故事。那个女人一生寂然，将自己隐藏在保姆的身份后面，在她晚年才被人发现，她行走街头拍过10万多张底片。10万多张啊，大部分没冲洗出来……那个女人透过镜头，冷静、孤寂又炙热地爱着这个世界。她异常沉默地度过了一生。直到死亡像一只手掀开了生活的层幕，属于一个女人凸凹毕现、曲折有致的人生，才被来自尘世的目光看见。

她喜欢薇薇安·迈尔拍摄的黑白相片，每一张都似探进她心里。她真希望是自己拍出了那些照片。她特别喜欢其中一张，薇薇安端着相机，昂起头，目光上视，修长的脖颈，微张的嘴唇，冷峻的表情，她身侧的镜子里复现出数个她……

那一刻，她觉得"宋"像极了这个女人。从那以后，薇薇安有了真正的名字。

薄　冰

活到二十六岁，乐曲一直认为时间是线性的，有参照的刻度，像发光绷紧的丝线，或曲折柔软的水流，微光熠熠地向前，现在乐曲知道时间是不断降落的粉尘，累累叠叠，仿佛要将人湮灭。特别是经过一种叫无聊或孤独，也可称之为虚空的机器研磨后，成了超细粉尘，黏附在鼻唇咽喉脏腑壁上，窒息感如影随形，令他浑身无力，困乏终日。一天五分之四的时间，他窝在被子里，倒是可以减少对食物的需求，也省下开空调的钱。每户一周只能派一人出社区购买必需品一次，他家没人和他争抢这"唯一"的机会。六天前，也就是正月初二，他出去过一次，买了口罩、卫生纸、烟、纯净水、速溶咖啡和几大包速冻食品，转到一附院北门，与全副武装的小梦隔着两道门岗远远对望了一下。这一下让时间的粉尘有了一定的黏合度。也是这一下，让乐曲心里冒出个想法，他想当志愿者。

外面的世界基本停摆，但局部还在运转，医院、小区、超市门口都是戴口罩的人，大家严阵以待，拿一管手枪式的测温计对准进出者的额头……平常熙来攘往的菜市场，垂着卷闸门。街景清冷。他绕到老树咖啡店，圣诞节的招贴耷拉下来一个角，像弯折腰身的舞蹈演员，手臂还在起伏摆动。街道上的落叶被风吹卷，胡乱翻滚。眼前的一切，显得极不真实。乐曲从没像现在这样渴望小梦出现，渴望她将头窝在他的臂弯里，对他翻白眼，满腹怨气地喋喋不休。

谢天谢地，网络正常，而且空前喧嚣，刮着飓风。恐惧是见风长的怪物，被那个名为新冠肺炎病毒的怪物豢养，两者结为同盟，席卷网络。可是，离他遥远。他仔细想了下，似乎没有特别熟识的亲戚、朋友在武汉——那个处于飓风中心的城市，除了订"晚安"的小伙子。乐曲本打算和小梦一起回东北过年，毕业后他有三年没回去了，今年好歹存了点钱，爸妈又在电话里嚷着见未来的儿媳妇。一个小小的病毒，打乱了一切。

小梦主动请缨去发热门诊轮值是十一天前，那晚她的手机一直"叮、叮、叮"吵个不停。乐曲沉浸在《战神4》的激战中，化身奎爷带着儿子阿特柔斯一路劈砍厮杀。"我报了名。"他听见小梦嘀咕一句，但不明其意。后来他想，恐怕那时连小梦自己也不明白报名意味着什么。微信群，是个容易让人肾上腺素飙升的舞台。

转天集训，第一次穿上防护服的小梦，和几个伙伴摆出战无不胜的阵形和姿态。他从胸前稚拙的"小梦"二字，将她识别出来，忍不住笑了。他感觉闷在口罩后面的小梦也嘴角上翘，笑出了两粒小米窝。原来这个在90年代尾巴出生的小丫头，动不动就哭鼻子抹眼泪的新晋白衣天使，心里也有英雄梦。

他们都没料到，小梦这一去，两人就见不上面了。发热门诊的医护集中住宿，隔离成一个"孤岛"。没两天，乐曲住的贤士花园小区也设了门岗，一个喇叭不知疲倦地播放"不要随便外出，不要随便外出……"。很快，周边的每个小区都严阵以待，自我隔绝，居民不能随意外出了。

最初几天，乐曲夜以继日地在网上欢腾，多棒啊，没有上班的闹钟催逼，不用担心接到老板的电话，也没有小丫头在身边撒娇扯闲皮。飓风离得那么远，世界安逸自在。网上什么都不缺，有奇幻滑稽庄重惊诧恐惧大悲伤大欢愉，人间的七情六味一样不少，想玩什么玩什么，想看什么看什么。可厌倦来得比预想的快。忽然地，他一触碰手机，心里就漫起一层浮沫样的东西。这东西让他想吐，又吐不出来。他将身体平摊在床上，瞪视天花板，上面素白一片，比他的心还空洞。他不由得思考时间的面相，得出了前面的结论。

准确地说，那时他的工作还没完全停摆。老树咖啡店在小年第二天歇业，老板回了老家。幸亏回了，要不也成"孤岛"上的一只孤单鸟儿。乐曲看老板在朋友圈晒出了年夜饭，满满一桌土味菜。老板配了文字：虽然比往年赶回的亲人少，可毕竟吃上了热乎乎的团圆饭。百无聊赖翻看着朋友圈的乐曲，就着啤酒吃光了一盘饺子。老板也晒出了村口的路岗，一棵横在路面上的樟树树干，伸着枝丫，前面站着两个戴红袖章的人。想到老板被困在那棵大樟树后面的"孤岛"上，乐曲心里就欢腾不已。他没想到，这个假期会这么漫长。那时"每晚给他（她）说晚安"的业务还没停，小伙子本来预定到二月十四号情人节，那天他将和分隔千里的家乡女友会面，正式向她求婚，如果成功，就再不用乐曲帮着撰写华丽唯美的"晚安辞"了。可计划赶不上变化，坐上火车的小伙子高度激动，将自己弄得疲惫不堪，在火车上沉沉睡去。等他一梦醒来，猛听见广播里列车员的下车提醒，赶紧拎包窜下了车。昏头昏脑地出站，到了出站口，迷迷瞪瞪的他才看见"汉口"二字。他提前一站下了车。

这时从武汉开出的列车已经全部停运，路过的列车大幅缩减，武汉只能进不能出了……他被糟糕的运气空降在了飓风中心。

找不到出路的小伙子，费尽周折在医院找了个临时运送医疗垃圾的工作，有地方睡觉，有定时发放的热饭热菜，还有不低的劳酬。但他没心情订乐曲的"晚安"了，那些华美煽情的句子与眼下的氛围太不相宜。他和女友的聊天话题都是关于新冠肺炎病毒的，晚安辞缩减成了"注意安全""照顾好自己""好好休息""保重""别担心""别太累"，然后是简简单单的"晚安",千般意绪都浓缩在简单至极的文字里。

即便小伙子需要,这时的乐曲也写不出唯美的词句了。他忽然发现游戏不能拯救自己,音乐不能,看书不能,与小梦网上聊天不能,自制美食不能,思考不能,他不知道自己需要什么来拯救自己,于是真的报名加入了小区志愿者服务队。他想让自己动起来,以便将一身粉尘抖落,并拥有特权——出入自由,有更多机会远远地与小梦对望。

第三次核对清单时,乐曲才发现漏了 C 栋 14 楼的独居老太太。他有印象,和社区工作人员小陆入户登记时见过她一面。

那层楼,只住着老太太一个人。老式楼房,每一层有呈凹字形排列的五户人家,其他的人家或是长期无人居住,或是租户刚刚退租,或是主人在别处过年,只有老太太住在 1403 号,凹字形的右上角,小户型,靠北,门口光线暗。乐曲敲了好一阵门,不是小陆坚持这家有人,他肯定漏过了。小陆有这家女儿的微信,说她在国外交流访学,有七小时时差,去年出国前两人互加的微信,但一直没联系过。偶尔小陆转到这里,会敲门问问老太太的情况,好几次家中无人。偶尔,她在楼下看见老太太坐在晒太阳的人丛中。老太太不打牌,也不看人打牌,端庄地坐着,仿佛身边的热闹与她无关。

光线昏昧,老太太乍一出现吓了乐曲一跳。门翕开手掌宽一道缝,说话间,略松开了点儿,一张脸的宽度。老太太戴一顶深色尖顶帽子,黑色口罩遮到眼睛下沿,白发从帽边支棱出来,影影绰绰地白亮。

黑暗中混沌的脸,唯一显露的眼睛深含意味,仿佛洞晓一切。真像外国电影里的老巫婆,被口罩遮覆的部分,皱纹交错似迷宫。乐曲暗想。但老人嗓音软细,透过口罩也能感觉到一种轻盈的跳荡感。这声音，至少比她看起来年轻三十岁。

例行公事的询问，老太太答得简短。还好。没。不高。没。不用。没。不用。柔软但干巴。小陆说老太太是退休教师，具体教什么不清楚。"一大群人看过去，独独她显得不一样……"这不一样具体是什么，小陆没说，乐曲也没问。这栋楼的租户，不少是在周边做小生意的外地人，来源复杂，不好打交道。刚做了几天志愿者，乐曲就发现这一身份不是来拯救自己的，是席卷，像一场小型飓风。他常常不知所措，幻想逃离。

小陆将那个女儿的微信名片推给乐曲，他发出申请后，两天不见音讯，就被不断添加的新友沉埋下去了。查对名单，他发现新添加的叫 MOON 的朋友，努力回忆无果，看到对方所在地：英国，灵光一闪，是那个女儿，国外访学者，七小时时差，1403……他想起了老太太。

社区志愿者有限，乐曲负责贤士花园 C 栋和 H 栋。C 栋是院内唯一的电梯房，17 层，共 85 户；H 栋是步梯房，6 层，两个门栋，24 户。目下，家中有人的 55 户，有外来人员需要特别隔离观察的 6 户。为了第一次团购，乐曲已经更新了三版清单，凌晨两点还有居民锲而不舍地发来信息，试图添加套餐外的内容。

802 住着一对双胞胎男孩，父母自称快被这俩狼崽折磨疯了。他家最初的清单里有"泽塔奥特曼 1 个、赛罗奥特曼 1 个"，后面的括号里写着"请注意：泽塔和赛罗奥特曼各一，不是欧布、迪迦、麦克斯、高斯……千万别弄错"，末尾五个感叹号。

还有一个清单罗列有"苏打饼干 2 种，脂肪含量必须在 20% 以下。无糖可乐 12 瓶。特仑苏低脂牛奶一箱。卡乐比麦片（其他品牌不行）……"数量巨大又无比精细，字里行间晃动着一个胖子笨拙的身影。

第一版清单出来，乐曲近于崩溃。看来严峻的疫情，没能泯灭众人的欲望，还有他们的脾气。清单上的物品五花八门，从奢侈品到地摊货，吃的用的穿的戴的玩的，加起来四五辆三轮车都装不下。社区只有两辆三轮车，由志愿者轮流申请使用。乐曲稍一反驳，收到的就是指责，他们不体谅他的难处，认为百依百顺才是志愿者的服务之道。还有一两个人特别喜欢投诉，不仅加了社区主任的微信，时不时地投诉，还发朋友圈，也不屏蔽乐曲。乐曲看了，委屈得在心里骂娘。

"我又没有两颗心脏……"他和小梦说，又不敢多说，小梦的处境够难了。发热门诊轮值一班6小时，加上脱防护服、消毒的时间，7小时不吃不喝不拉，累了只能靠在椅背上合合眼皮。小梦的脆弱度，他太清楚了。视频里的小梦，眼圈红红的，额头和脸颊上都是勒痕，额头冒出了几粒青春痘。实现了出入自由的乐曲，并不能常常见到小梦，她太忙太累，这也加剧了乐曲内心的沮丧。

这时段，谁又不沮丧呢？住楼上楼下的人，彼此并不熟悉，却被强行捆绑在一起，必须在最基本的生活层面共进退。可人们的意愿像不受管束的马，朝向不同方向，乐曲还没有能力将之拢到一起。外面稍有风吹草动，群里就混乱一片。有夫妻一起入了群，起初矛头一致对外，可说着说着，两人在群里开战了，谁也不肯迁就、妥协、认输，仿佛一对怀有深仇大恨的人。夫妻们像被放入集装箱的一对鲶鱼，搅得动荡一片。群里劝架的有，煽风点火的有，看热闹的有。固执己见的人不少，好战的人不少，一言不合立刻开怼，摆出誓不两立的架势。好在混乱中，自会形成新的平衡，这就是人性的微妙与复杂。每次战事有闹分裂的人，就必有和稀泥劝解的人；有扔炸弹的人，就必有挺身救险的人……这个群得以磕磕绊绊地维持着。

群里的住户，多不认识乐曲，只当他是一个社会名词的化身，社区派来为他们服务的工作人员，有义务倾听和接收、化转他们的情绪垃圾：恐惧、怨怪、愤怒、悲伤、失望、绝望……相比之下，志愿者群清澈多了，温暖多了。群里不乏经验丰富的热心人士，他们告诉乐曲：团购哪能由着住户的性子来，你得列出 A、B、C 三种套餐，米面油纸之类生活必需品的不同组合。再列出 D、H、G 三种菜品套餐，猪肉统一为两斤，牛肉统一为两斤，有鸡有鸭，有青菜有水果……套餐法将复杂的个人意志简化为几个类别、几个字母，特殊时期，方便统计，高效又省力。

乐曲恍然大悟。第三版清单终于眉清目爽，直到乐曲发现遗漏了 1403 的老太太，兴奋感瞬间被惶恐取代。

这显然是一个重大失误。五天了，他一点没想起这个仿佛隐匿在黑暗中的老太太。老太太不会投诉吧？显然没有。这么安静若无物，她不会断粮饿晕了吧？不会昏迷不醒了吧？不会摔倒在地磕得头破血流了吧？……想象中的场景，像一根根芒刺，左一下右一下扎心。乐曲拿起手机，凌晨两点十三分，这时段显然不宜打扰老人家……可不安像涟漪，不断扩张、扩张，让他的心涨得发慌。他给 MOON 发信息：疫情所需，我是贤士花园社区负责 C 栋的志愿者。不知你母亲有什么需要？明天 C 栋统一采购物资，一直联系不上你家老人，电话没人接……

字斟句酌，不敢多说，怕穿帮。等了一刻，手机沉默不语，乐曲再坐不住，套上羽绒服，戴上口罩，下楼。

夜气清寒，像冰冷的手指抚过发涨的脑袋，昏蒙的感觉顿时消退了几分。抬头四望，C栋只有楼道的灯亮着。这时去敲1403的门，他的贸然出现没准会让老太太心跳过速，或许暴怒。后果不堪设想。

乐曲不知道自己可以做什么，又奈何不了波浪般翻涌的不安感，只好漫无目的地游走。小区门口一盏路灯，照着守夜的人。远远地，一个人影在灯下晃动。

乐曲驻足看了一会儿，那人在跳舞。看身形像李师傅，又像孟师傅。是谁并不重要，此时此刻，那个人在跳舞。风行一时的鬼步舞。那人舞得笨拙，又无比欢快……

隐隐有蜡梅香飘过来，顺着鼻腔进入脏腑，水一样漫过身体，洗去了积淀的粉尘。乐曲忽然没来由地乐观起来。现实并没那么可怕吧，看这月亮，看这散发香气的蜡梅花，看这清风，和看不见的正在暗暗凝聚的夜露，看这路灯下跳舞的人。1403的老太太不会有事的，人哪是那么容易溃败的。不会的。不会的……手机"叮"一声，MOON发来信息："家里食品、日用品都有，请帮忙买点治高血压的药。谢谢！"

"请告知药名。"信息发过去，久久不见回音。再发一条"我一早去问"，还是没有回音。像等待另一只靴子落地的人，乐曲一夜没睡安稳。手机每响一次，都忍不住看一眼，不是MOON，是那些锲而不舍试图逾越套餐规矩的住户。

天色灰白时，乐曲一身齐整地站在C栋楼下。青黄间杂的草丛，隐藏了他徘徊来徘徊去的脚步。

他在一丛灌木旁的草地上，发现了一片亮晶晶的东西。迟疑一刻，他蹲下身来，是冰珠。连成片的透明冰珠，一粒一粒挨簇着，仿佛是大大小小的露珠在瞬间凝固，变成了"大珠小珠落玉盘"的完美演绎。他伸出一根手指，指尖沁凉，仿佛稍一用力，这美轮美奂的冰珠盘就会破碎，坍塌，幻灭。

很快，乐曲发现，不止这一片，草叶里藏着许多这样的冰珠，大大小小，晶莹剔透。如果不是那一大盘冰珠的吸引，他不会蹲下身来看见它们。即使今天没有太阳，这些冰珠也会在不久的将来融化殆尽吧，仿佛从来不曾存在过。可是它们确实存在过，他看见了，可以做证。

C栋的电梯又卡住了，不知停在哪一层。乐曲等不及，跑步上楼，气喘吁吁地敲门。这次门开得很快，仿佛老太太就守在门后。乐曲按亮了手机的电筒光，光晕炽亮，模糊了皱褶的纹路，微微卷曲的白发丝丝晶亮。竟是一张慈祥的老人的脸。乐曲有些恍惚，仿佛刚刚那盘冰珠的影子还在眼前晃动。他刚要开口，老太太递过来一张纸条和一张医保卡，上面写着：缬沙坦分散片5盒、速效救心丸1盒。"女儿和我说了，谢谢你！"声音依旧柔而细。

"还需要什么？"

"不用。"

门合上了。犹豫一刻，乐曲跑步下楼。经过冰珠时，他蹲下身来，似乎冰珠已经开始消融。等他一天忙完，特地来看冰珠，这片草地已经恢复了素常无奇。此后的一天，再一天，一天又一天，乐曲再没撞见这样晶莹剔透的冰珠玉盘，这让他一度怀疑那天早上只是一场梦境或幻觉，可他很快摇摇头，坚信那是自己看到的实景，尽管只如昙花一现。

日渐拉长的居家隔离期，缓慢地置换着一些东西。比如，将疏离感置换成同盟感，将挑剔置换成体谅，将易燃的怒气置换成彼此开玩笑的亲近。

乐曲和大多数住户混熟了，他们有的当他是儿子，有的当他是兄弟，有的视作男闺蜜。还没见过乐曲的人，要求他在群里发一张靓照，方便他们想起他时有个明确的形象，不至于将他和其他志愿者弄混。

乐曲在群里哭笑一阵，终拗不过，挑了一张自认为又酷又帅的照片，读大学登长城时拍的。那晚，群友们度过了一个欢腾无比的夜晚，像一段沉闷音乐中的华美段落。笑闹中，不知是谁第一个叫乐曲"我们的小乐乐"，这诨名就再甩不脱。之后简化为"小乐乐"。乐曲的脸皮也在反复的摩擦中持续增厚，后来索性将群昵称改为了"小乐乐"。

1403的老太太也在群里，"皮雷斯的夜曲"，挺别致的名儿，头像是一张抽象的黑白照片。她在群里从不说话，偶尔说话的是她的女儿，远在国外的MOON。

老太太姓宋，第三次见时乐曲开始称她宋老师。其时，他一头热汗地端坐在1403的客厅沙发上。那天电梯一直处于停摆状态，疫情期间找不到修理工，乐曲只得通知用户自行下楼领取团购物资，唯有7楼的一位老人行走不便，再是1403老太太的电话无人接听，微信也无人回复，他只好将物资送上门。没想到本以为很难打交道的老太太，软声细语，邀他进去歇一歇。那时歉疚还搁浅在乐曲心里，他犹豫一下就进去了。

有些局促，也忐忑。乐曲捧着一杯泡有枸杞和不知名的深色果实的茶水，常年喝冷水的他不好意思推拒，喝一口热茶，竟有一股奇异的香，唇齿间淡淡回甘。他注意到客厅一角放着一架钢琴，上面覆着白色绣花桌布。老太太似乎留意到他的眼神，但没说什么。良久，用氤氲的热气般的语调说："微信是女儿帮我弄的，我不太会用……有时弄得好，有时弄不好。"语气里带了歉意，乐曲忙说："没事没事，我每天会在C栋和H栋转一转，有什么事您就和我说。"

乐曲在网上搜索"皮雷斯"，原来是世界顶尖女钢琴家，录制的肖邦夜曲全集非常有名。从那天起，他果真每天去两栋楼里转一转。

踏进 C 栋的门，乐曲听见了一线钢琴声，细若游丝，一恍神似乎明晰，一恍神又无踪可觅。他先去看顾老伯，问问他腿有没变天痛，米够不够，肉够不够，需不需要帮他切好肉丝、萝卜，洗几片青菜叶……忙妥了，上 14 楼。电梯门一开，琴声就清晰了，脆亮的音符，冰珠一般滚动着，滚成了一条晶莹剔透的河。

乐曲不急于敲门，静静地站在走廊窗前，眺望一片红屋顶和淡青的天际。云朵像一群从容淡定的人，在天空缓慢地走。

此情此景，让人恍惚以为，这世间并不存在困厄、灾难、纷争，也不存在恐惧、焦虑、伤痛。只有冰珠一样莹亮的音符，滚过人间，滚过他的心，洗去疲惫和厌倦，还有怨气和燥气。

等琴声停下来，过上一会儿，乐曲才敲门。有时宋老师会给他盛一碗红枣莲米粥，有时是一碗油烹再水煎的荷包蛋，有时是一碗滚圆滚圆的糯米汤圆。渐渐地，他摸到规律，宋老师每天早上九点开始弹琴，弹一小时左右。下午也弹一阵，三点开始，也是一小时左右。留意后，他便做了些功课，宋老师弹得最多的是肖邦的夜曲。而 21 首夜曲中，她弹得最多的是《降A 大调夜曲》和《F 大调夜曲》。

有些夜晚，宋老师也会弹一阵琴，时间长短不拘，也无固定的时间表。仿佛她闲极无事，手指随意地抚过琴面，就坐了下来，掀起琴盖，弹奏起来。

时序进入三月，武汉的疫情还没迎来拐点，生活依然处在停摆状态和未知中。楼下的一株玉兰树,仿佛一夜之间披满了花苞,鲜亮了一大片景致。乐曲看到时,忍不住惊叹,他拍了照片发到群里,惹来众人七嘴八舌的感叹,感叹中不无伤感。

有人已经三十天没出家门了,而花朵们如常地含苞,绽放,也许等不及被人看见就凋谢了。谁能预料这看不见摸不着的小小病毒,竟有这样的法力,在世间制造那么多"孤岛",制造寸步难行。关于花朵的累累记忆,再多,也无法温暖"孤岛"的春天。

那天,乐曲照例去1403,宋老师忽然羞涩了表情,拜托他一事。他慌忙应诺:"您说,我一定照办。"宋老师嗫嚅两下,终是说了。她请乐曲帮她去看一棵树,种在贤士湖边的一棵钻石海棠。她向乐曲细细描述怎么找到它,进贤士湖公园的西门,不上桥,右拐,沿着小路,一直走到和湖中亭差不多垂直的地方,那里有几株花树,梨树、紫荆花、迎春花,也有海棠,不过整个公园里只有一棵钻石海棠,就在她说的这个地方。她给他描绘钻石海棠的样子,枝条是暗紫色的,有稀疏柔软的绒毛,不细看看不出来,叶子呈圆卵形,边缘有齿。往年这时候它已经浑身披满花苞了,也有一两朵性子急的,已经绽放了,花蕾是紫红色的,花朵是玫瑰红色的,用手摸摸花瓣,天鹅绒的手感。开花的时候,花朵满缀枝头,繁密得很,热闹得很……说着说着,宋老师的语速快起来,淡淡的红晕浮在苍白的脸颊上。

不知为何,那天乐曲说到了冰珠。他说得无比耐心,冰珠的样子,沁凉的手感,他心里的惊诧,还有他多次跑去求证……那个早上的奇遇,梦境一样的昙花一现。

宋老师安静听着,面带微笑。黄昏的夕阳,天鹅绒一样,滑过他们之间。

乐曲去看了钻石海棠。许多细小的紫红色花苞，他仔细找了半天，没有一朵性急的花儿开放。他从几个角度拍了照片，发给"皮雷斯的夜曲"。他也向宋老师细细描述了钻石海棠的样子，他想让宋老师仿佛亲眼见到了钻石海棠一样。

空降武汉的小伙子经常发朋友圈，心情有时阳光，有时阴霾密布。各种物资集结向武汉，一批批医疗队从四面八方奔赴武汉，在最初的混乱之后，这座城市的一切似乎变得有序了。小梦再次报了名，但没进省援汉医疗队，她的两个朋友、护校的师姐入选了。听到消息，乐曲暗舒一口气。他担心小梦万一被选上，体质弱扛不住，不够坚强扛不住，没见惯生死扛不住。他没法说服自己不担心。这大概就是自私的爱吧，他想。

社区运来一批贵州省支援的蔬菜，志愿者集中领取后，再分发到住户。一直忙到下午五点才分完，乐曲随便扒了份盒饭，准备去两栋楼里转转。一个住户在群里@小乐乐，说分给他家的菜品相太不齐整，怀疑是将最差的一份给了他家。乐曲没多说什么，让他下楼来换，正好多一份。哪里有多，乐曲将自己那份换给了他。现在这境况，菜好看点难看点，有那么重要么。

刚处理完，群里又有人@小乐乐，问可不可以给他家也换一换。乐曲心里一股火苗往上蹿，握着手机强忍了一分钟，才回道："忙，还有两家不方便的得送……"

走出电梯，乐曲听见了钢琴声。一段练习曲后，是《降A大调夜曲》。晚霞染红了远天的一大片天空，乐曲不急于敲门，站在楼道的窗前，看着胭脂红一点点变紫，变蓝，直到完全融入夜色。他仿佛置身湛蓝天幕的音乐大厅，聆听着为他演奏的乐曲，这一刻太奢侈了。

他贪恋这样的时刻。

再从七楼上十四楼时，乐曲会找个由头在群里发一句话，"我去送温暖了。""我去查岗了。""我去例行公事了。"……每次，他都可以听到一首完整的乐曲。他站在窗前看云走云奔，看细雨斜飞，看狂风怒卷，看闪电划破夜空，看红屋顶在阳光下铺展出一片暖红……他成了C栋的常客，好在他有这样的特权。

不知不觉，乐曲的手机里存下了十一首钢琴曲，都是肖邦的。他转存到电脑，常常在夜里打开音响，循环播放。他每天在群里分享很多信息，但从没分享过宋老师弹奏的曲子，他怕这样的幸福会中断。

小梦在哭，乐曲的心缩成一团。对于小梦的哭，他太了解了，她遇上事儿了。"丫头，咋啦，和哥说说。"他努力装作轻松的语调，"智者说，这世上除了生死，其他都是擦伤……"话没说完，小梦的哭声像被扩音器放大了，乐曲握手机的手有些抖，"别哭别哭，好好说……你、你不舒服……"

"我、我咳嗽三天了，今天一早查体温37.8℃，护士长让做了咽拭子，抽了血，吃了药，现在宿舍休息……"

"没事，肯定是着凉感冒。你们平时防护那么规范、严格，肯定没事的……"他说得小心翼翼，斟词酌句。

"我怕……"小梦的哭声又放大了，鼻涕眼泪交混在一起，"昨、昨天，师姐说，她护理的病、病人刚走了，能上的设备都上了，还是没、没……这病毒太、太邪乎了……呜……"

小梦近乎崩溃的哭声反倒令乐曲镇定了，他拔高音量："孟小梦同志，别忙着哭，冷静下来听我分析，咽拭子不是还没出结果吗，别自己吓自己！最近你们接诊的病人有确诊的吗？对呀，两个疑似，但没有确诊……"乐曲并不觉得自己说得多么理直气壮，可还是得理直气壮地安抚小丫头。一番话说完，手心里全是汗。

小梦的哭声小了些:"谁也不知道潜伏期有多长,说不定哪次我口罩没戴紧,手套破了口,也可能脱防护服时手接触到了……"

"孟小梦,无端的焦虑是最没有用的,建议你先好好睡一觉,一觉醒来,无论啥结果,咱们都有力气应对……"

"我睡不着,才给你打电话……我脑子停不下来,一个劲想啊想,有没哪个环节出了岔子,到底是哪个环节出了岔子……"小梦抽噎着,眼泪鼻涕糊了满脸。乐曲看得心疼,如果在身边,他可以搂着她,抱着她,说不定她就慢慢镇定下来了。可……他按开肖邦的《摇篮曲》,让小梦闭上眼睛,手机搁在枕边。就让宋老师弹的《摇篮曲》充当一回他的怀抱吧。

"这琴声真治愈……"三天后小梦又笑出了两朵米窝。乐曲模仿她涕泪横流的模样,哭泣时可怜兮兮的语调,逗得小梦在视频那头笑痛了肚子。乐曲没告诉小梦,他一连两晚没睡好,此时头重脚轻,感觉自己像个摇摇欲倒的不倒翁。当晚,乐曲躺倒了,高烧 38.5℃,浑身酸痛,咽喉里像搁了块小火炭。

他按规定向社区主任报告情况,社区马上登记,上报,嘱他居家隔离观察,安排人上门做咽拭子检测,安排其他志愿者顶替他的工作。他通过微信和接手工作的小杜交接,特地嘱咐她每天上顾老伯和宋老师家看看。

小杜入了群,不知是她格外有亲和力,还是这个群已经磨合到位,也或者乐曲病了的消息不亚于一场小型地震,群友们没有障碍地接纳了她,纷纷给乐曲发来问候。乐曲故作嬉皮笑脸地一通回应,末了回以一张动图:灰太狼大叫着"我还会回来的"。

深夜，手机调成静音，乐曲重新变回一个人。经历了那么多，此时的一个人和彼时的一个人，有了不一样的况味。虚汗，梦魇，晕眩，头痛……虚弱的身体，没有力气喂养理智，不断膨大的恐惧感彻底攻占了他。他的脑子被恐惧主宰了，一刻也不肯消停，他一遍遍回想自己几天来的行踪，和谁说过话，和谁交接过东西，和谁擦肩而过，哪只手按的电梯按钮，哪只手摸过扶手，有没有拿手摸口罩、擦眼睛……作为志愿者，他做了太多事，接触了太多人，漏洞实在太多太多，多得足以让人崩溃、发疯，搞不好哪个环节他就和那个该死的病毒劈面相逢了。万一得上了，怎么办？他还见得上小梦，见得上他爸妈吗？他要将情况告诉她，告诉爸妈吗？还有，他会传染给那些近距离接触过的人吗，比如每天见的顾老伯、宋老师。他们可是易感人群啊，如果真的感染了，他的罪过就大了……一身冷汗接一身冷汗，一阵心悸接一阵心悸。到处是林立的针尖，无论他怎么迈步，都踏在针尖上。原来人这么的脆弱，不堪一击。就在两天前，他还满身活力地奔上跑下，在群里咋咋呼呼，似乎自己无所不能，无坚不摧，是群里那些住户的依靠，是顾老伯和宋老师的依靠，是小梦的依靠。可是现在，他浑身软绵绵地躺在床上，意志脆如一张薄纸，一戳就破。

手机震动。反复震动。是宋老师。他惊诧，按下接听键，却是小杜。

小杜说她在宋老师家，宋老师想和他说话。

"小乐，你还好吗？"声音软软的，仿佛茶杯上氤氲的那团热气。他想起了茶水里那股异香。

"宋老师，我还好。您有什么事，就和小杜说。过两天我就满血复活啦……"一股潮热涌进眼眶，乐曲闭紧眼睛，喉头滚动两下，将那股潮热逼回身体。

"小乐，我弹首曲子给你听，你不要挂手机。"

熟悉的肖邦《降 A 大调夜曲》。乐曲闭上眼睛，仿佛站在了 14 楼走廊窗前，眼前是一片连绵向天际的红屋顶，淡蓝色的天空浮着朵朵白云，天地静谧，人间安详……

每天，宋老师都为他弹奏一首乐曲。她让小杜帮她接通电话，放在钢琴上，小杜去忙自己的事，一曲终了，乐曲和她聊上两句，挂断电话。每天如期而至的琴声，比所有的灵丹妙药都好。乐曲的咽拭子检测结果出来，是阴性，两天退了烧，毕竟是年轻小伙儿，身体恢复得快。只是按照社区的规定，他必须居家隔离观察 14 天。乐曲没告诉宋老师他好多了，天天享受宋老师专门为他的独奏，太奢侈了，他贪恋这样的幸福。

春分那天，乐曲等了一下午，一直没接到宋老师的电话。傍晚，他忍不住打过去，对方手机关了机。宋老师经常忘记给手机充电，每次乐曲去她家，都会帮她查看手机的电量足不足，那可是宋老师和女儿、和外界沟通的唯一渠道。今天小杜很忙吗，没时间去宋老师家？

傍晚，乐曲忍不住了，打小杜的电话，没人接听。再打，小杜接了，声音压得很低，"乐老师，我在西山。宋老师走了……"

乐曲呆呆坐着，不知坐了多久。急性心梗，可能是凌晨发作，也可能是深夜。那一刻，宋老师有没有痛苦？这一刻，乐曲忽然想诅咒那个该死的病毒。

小杜说早上她去敲 1403 的门，一直没人应，敲了又敲，宋老师的电话也打不通，觉得不对劲，找派出所的人，找开锁的人，疫情期间都特别不容易，拖了不少时间。中午，门终于打开了,众人冲进去,只见宋老师安详地躺在被子里,睡着了一般。

按照疫情期间的规定,特事特办,所有遗体必须在当天火化。社区出面和宋老师的女儿取得联系,征求了她的同意,由她委托一位老朋友赶过来,代她送宋老师最后一程。还有小杜和小陆。三个人。

仿佛掘开了身体的一处泉眼,眼泪奔涌。乐曲想不通,他恨自己突然生病,恨自己现在寸步难行,恨自己没能送宋老师最后一程……他不知道自己体内埋着这么多眼泪,也不明白自己为什么这么悲伤。一个多月来,他们说的话加起来没有一百句,他为什么那么悲伤?

黑暗从屋子中心升起,四散弥漫,与窗外的夜色融为一体。乐曲也成了夜的一部分。他按开手机,将音量调至最大,宋老师弹奏的肖邦夜曲响起。他仰躺在床,闭上眼睛,任琴声的湍流将他浮起,飘荡……有那么一刻,乐曲坠入了梦境,他梦见自己变成了一粒小小的冰珠,在空中浮游,他的身边是大大小小一粒粒晶莹剔透的冰珠,他与他们连缀成一体,在黑暗中莹莹闪亮。

绿鸵鸟行动

十年时间,钟小麦身量长高了、壮实了,微微驼背的习惯没改。他穿一身制服,西服式翻领,硬挺的肩章。他到得最晚,说是刚送完信赶过来的。那身制服比军装颜色深,和警察制服一样挺拔,穿在钟小麦身上,让他有了脱胎换骨的味道。那是孔莉自初中毕业后,第一次见到钟小麦。

那次聚会来了三十多个同学,孔莉和钟小麦没坐在一桌。熟稔的感觉乍然而生,是钟小麦过来敬酒:"白孔雀,你现在成白衣天使啦,可敬可敬。"

周围的同学顿时炸开了:"白孔雀?白孔雀!原来你叫孔莉白孔雀啊——"末尾的"啊"字拖得山高水长。"白孔雀"恐怕是唯一没在班上传扬开来的绰号。

"对了,你们可是'同桌的你'!换杯,换杯!"说这话的是"夜游将军",他将钟小麦手里的小杯夺过去,换上喝红酒的高脚玻璃杯,白酒"咕咚咕咚"跳进杯子里,雀跃得很。钟小麦笑得憨憨的,似乎不晓得反驳,也不晓得拿手去捂住杯子。一杯酒直倒得盈盈满满欲溢出来。"夜游将军"转过头,想换掉孔莉手里的杯子,钟小麦似乎醒了过来,一把护住:"男女有别,男女有别。"

同学们哄笑得更来劲了。"到底是同桌啊,冲这感情,今天钟小麦也得干了这杯!""夜游将军"站到了椅子上,"感情深一口吞闷。同学们,你们说是不是?是不是!……"

钟小麦将满满一杯 52 度白酒倒进了喉。孔莉只到他的肩头高,看着玻璃杯里的酒少下去,少下去,见了底。她以为钟小麦酒量了得,可是很快,钟小麦就软成了一摊泥,歪在沙发上一声不响了。等醉醺醺的一众同学打算离开时,才有人发现他,这时的钟小麦面色惨白,任人怎么拍打都没反应了。大家慌了,老班长建议送钟小麦去医院，可半醉状态的老班长看起来很不让人放心。孔莉站了出来，和老班长一起送钟小麦去医院。

三人相互搀扶，歪歪倒倒走进急诊科。挂号的时候，老班长和钟小麦坐在椅子上等。隔着五步远，就能闻到汹涌的酒气。孔莉远远望过去，白炽灯光下紧紧倚靠的两个人，一个满面猪肝红，一个满脸雪色白。苍白的那个头耷拉在胸前，头发蓬乱成一团，绿制服紧紧箍住厚实的肩背。孔莉不禁摇头，真像一只埋着头的鸵鸟。

两天后，钟小麦请吃饭，美其名曰"感谢宴"。孔莉到时，没看到老班长，也没见到其他同学，可她还是留了下来，甚至连一句话都没问。

"你是一只鸵鸟，绿鸵鸟。"饭间孔莉没忍住，也像灵光一闪。钟小麦愣了，垂下眼睑，将一粒花生米送进嘴里，憨憨的脸上浮出了笑纹："女人的逻辑就是混乱，世上哪有绿鸵鸟？"

孔莉一翘嘴角，同桌一年多，她早谙熟了以其人之道还治其人之身："这世上哪有白孔雀？你不是说万事皆有可能？地球不过是无边宇宙中的一粒尘埃，尘埃之内，有难以穷尽的可能，尘埃之外，有更加辽阔的无限可能，你就确定这世上没有绿鸵鸟？"

钟小麦憨憨一笑，说得认真："真有白孔雀，几时我拿图片给你看。"

白孔雀是钟小麦给孔莉起的外号。中学时代，用动物名称给人起外号，是钟小麦的爱好和专利。钟小麦平素憨憨的、蔫蔫的，不显山不露水，爱好有限，但他对动物世界情有独钟。他的课桌抽屉里塞满了不知从哪里找来的各种关于动物的书和杂志。有人喜欢满嘴跑火车，钟小麦是满嘴跑动物，一说起动物就滔滔不绝，眉飞色舞。孔莉觉得那都是些废话，每天的功课都消化不了，作业做不出来，还有心情去关心大象怎么睡觉，母螳螂和公螳螂结婚后会吃掉公螳螂，鸭嘴兽虽然是哺乳动物却和爬行动物一样下蛋，大眼睛的眼镜猴是世界上最小的猴种，仓鼠冬天会"假死"……钟小麦简直是一颗心完全扑在动物族群身上，成绩一直在班级下游浮沉，这让孔莉颇看不上眼。

"夜游将军"是班上一个皮肤偏黑的男生，爱拿手抠出鼻屎，放在拇指和食指间慢慢揉搓成一个球，再放到鼻子下闻一闻才满脸不舍地扔掉。钟小麦悄悄向孔莉阐明了这个绰号的含义后，她仔细观察，果真是这样。

"辉亭鸟"是一个爱穿艳色衣裳、超短裙，跳炫感热辣舞蹈的女生。有次她上台表演迪斯科，在校园引起轰动。她的造型是艳红、明黄交织的紧身上衣配黑色超短裙，后面还翘出两根用铁丝弯成的、贴满了红纸片的东西，尾巴不像尾巴，羽毛不像羽毛，它们随着节拍在空中快速乱颤……

这些绰号，起先只在钟小麦和孔莉之间传递，有点像只有两人知道的暗语。但没有例外地会传扬开去，成为全班同学的共识。这些绰号太形象、有趣了，孔莉没法不和闺密分享。

起初，"夜游将军"十分得意，走路时不由得昂头挺胸，时时做出超拔威武的姿态，后来不知是谁捅破了玄机，"夜游将军"冲到钟小麦面前质问。钟小麦一脸憨憨的表情："夜游将军是屎壳郎？屎壳郎怎么会有'将军'之名？"

"你是个动物通，怎么会不知道！"

"鄙人识浅。长知识了！"钟小麦煞有介事地拱一拱手。

"你为什么不叫我别的将军，偏偏叫'夜游将军'？"

"你不是爱上课睡觉嘛。"钟小麦平素有点驼背，此时从侧面看去，肩背缩得脖颈只剩一寸长，憨厚的表情显得十分无辜。

近在咫尺的孔莉有点意外。她本以为钟小麦会爽快地承认，男子汉敢作敢当嘛，可钟小麦不仅不承认，还显得一脸无辜。这让传播者孔莉不免尴尬。两人同桌坐了一学期零三个月，到毕业时，孔莉连毕业纪念册也没让钟小麦写。十年后，两人才重新连上线。

孔莉第一次见到白孔雀，是她二十八岁生日那天。钟小麦的生日礼物异乎常人，倒是让人期待。他送过一条天鹅造型的项链给她，是专门请城里的老匠人按他勾勒在纸上的草图打制的。

天鹅造型，孔莉很喜欢，钟小麦的诠释更让她喜欢。他说这不是普通的大天鹅或小天鹅，是珍稀品种疣鼻天鹅："你看它的前额突起，这是瘤疣，是疣鼻天鹅的独特标志。疣鼻天鹅又叫'无声天鹅'，通体羽毛洁白无瑕，体长一般是……"钟小麦给孔莉上了一堂关于疣鼻天鹅的科普知识课。孔莉听得津津有味。末了，孔莉说："如果是一只白孔雀就更好了，不过白天鹅我也很喜欢。"这话说得有些矫情，钟小麦憨厚地笑了。

白孔雀站在他们家的地板上，尾羽张开如扇——一把白扇子，上面没有蓝莹莹的孔雀眼。孔莉不敢相信，真的是白孔雀？尽管它不是活的，是钟小麦花了不少工夫将它嵌进他们家的生活空间。多年前，钟小麦见过白孔雀图片，却记不清在哪里见过。答应孔莉后，他一直在寻找，跑图书馆，跑书报摊，问询信寄了一堆，反正他在邮局方便，送信的时候，逮着人便问一句。还真被钟小麦找到了！

白孔雀图片背景是树林，钟小麦翻拍洗印出来，剪下白孔雀，从不同角度拍了家的内景照片，按不同比例洗印放大，反复挑选出最适合白孔雀嵌入的一张，重新拍照，印制成两米宽的图片，装进玻璃木框里，挂上了墙……

难怪有几个晚上，钟小麦都神神秘秘地在小卧室里鼓捣到深夜。孔莉坐在沙发上，将墙上的白孔雀瞅了又瞅，摸着肚子里不时踢腿伸拳的宝宝："宝啊，这就是白孔雀，你爸没骗你妈。"

赵忠祥的《动物世界》，钟小麦期期不落。看过的，逢到重播，一样看得眼睛都不愿多眨一下，那劲儿就像一旦错过一个画面就再也补不回来似的。家里堆满了关于动物的报纸杂志和书，钟小麦7岁开始玩剪贴、摘抄，那些本子摞起来齐他的腰高。钟小麦是邮二代，他爸是邮递员，他从小集邮，和动物有关的邮票攒下了十来本。恋爱期间两人约会，多半是窝在家里一起翻读这些本子、册子，边翻边听钟小麦讲动物世界，那是他俩恋爱的独特乐趣。

从一张邮票，钟小麦可以扯到非洲热带雨林里的一只鸟、大洋深处的一尾鱼，或是上溯到一百万年前冰川期的物种，听得孔莉不时发出惊叹。钟小麦完全颠覆了她对于动物的有限认知。她奇怪，算数字比别人慢一拍，背课文比别人多几处错，英语也说不顺溜的钟小麦，咋一碰到动物的话题就像被切换到了另一频道，瞬间换了一个人？她也觉得奇怪，当年难以入耳的那些动物知识，现在听来咋那么趣味横生？

钟小麦搬回家的动物资料源源不断。孔莉甚至觉得，他之所以愿意干邮递员这一行，图的就是这点便利。他咋不去做生物学家、动物学家呢？钟小麦自嘲"学习天赋不足"。但凡和动物有关的，钟小麦都舍不得丢弃，宝贝一样存起来，他有个愿望——办一个博物馆,关于动物的博物馆。

第一次透露给孔莉时,钟小麦忽然间变了语调,脸上涌现一抹羞涩,孔莉忍不住拊掌大笑起来。在她的笑声中,钟小麦一张脸涨得通红,连耳朵根都红透了。他自嘲地一挥手:"小时候瞎想的……"

孔莉忽然意识到自己笑得不合适。小时候她也有过荒诞念头,像变成仙女啦,去挖古墓啦,北极探险啦,攀登珠穆朗玛峰啦,不过是些经不得岁月一戳就破的念头罢了。眼前这个男人,居然还固执又羞怯地保存着小时候的一点热望……她端正了表情问钟小麦:"这博物馆开给谁看呢?"

钟小麦低头整理翻乱的剪贴本,肩背微驼:"孩子啊,年轻人啊,老人啊,反正像我一样喜欢动物的人呗。"

"像你一样喜欢动物的人,还真是少。"孔莉说得认真。

强者生存,不只是自然界的法则,也是社会生活的法则。孔莉似乎比钟小麦更早认识到这一点。女儿钟琴一岁时,钟小麦的动物资料被装箱打包,从小卧室一角移到了阳台上。家里空间逼仄,钟琴的用品不断增加,摇床、圈椅、儿童车、玩具、木马凳子、电子琴、画架、小书桌、儿童书柜……钟小麦将动物资料打包装箱时,有些失魂落魄的样子。几个箱子堆起来有一人高,再翻找起资料,就没那么容易了。小生命一天一个样,生活太过真切,不切实际的动物世界只能做出让步。孔莉想,作为父亲,钟小麦肯定能正确认识这一点。

医院分房时,孔莉月子里大出血刚出院不久,她让钟小麦去单位提交申请,他们从两口之家变成了三口之家,申请住房的理由更充分,也更迫切了。尽管分到房子的可能性微乎其微,她还是想为自己、为这个家争取一下。钟小麦下班回来,她着急上火地问:"申请交了吗？领导怎么说？"

"交了。"钟小麦闷头答一句，进了厨房。当着公公婆婆的面，孔莉不好再问什么。分房方案公示的时候，孔莉从同科室的姐妹那儿得知，钟小麦确实递交了申请，但他是寄到医院办公室的，收到时院里已经开完会讨论过了。孔莉感到一股闷火急速上蹿，当年钟小麦回答"夜游将军"的样子浮现而出，像一滴油砸进火里。

孔莉强忍着。入夜，公公婆婆在客厅搭地铺睡了，孔莉压低声音："你们单位的邮票还真是多得没地方用了！"钟小麦眼睛盯着《动物世界》，生怕错过一个画面的样子。

光线明暗中，"油珠子""噼里啪啦"往下落。孔莉抓起遥控器，按灭了电视。钟小麦转过头来，看着她，一言不发。两人都不说话。忽然地，像是一大盆水兜头泼下，孔莉心里的火灭了，可也寒透了。那些溢出来的水，扑簌簌从眼睛里掉下来。

孔莉主动转岗到急诊科，她想攒资历为下一次分房做准备。可几年过去，单位再没分过房，后来大家开始自掏腰包购买商品房了。他们一直住在小两室一厅里，这还是双方父母合力资助的。

急诊科素来缺人手，培养出一个多面全能型熟手不容易。转到急诊科的孔莉，急流勇进的孔莉，再想退出来就难了。好在急诊科待遇不错，孔莉的工资加福利很快涨到了钟小麦的两倍。女儿钟琴是在钟小麦的背上、胸前长大的。邮政所所长是钟小麦爸爸的老朋友。钟琴两岁半时，邮政所所长帮忙，让她提前进了托儿所。托儿所离邮政所不到一百米，钟小麦早送晚接，钟琴是邮政所的常客。

邮政所清闲,有了座机、BP机、手机后,写信的人越来越少。家里有点门路的职工纷纷跳槽,放下这个原本不错的铁饭碗,去捧银饭碗、金饭碗了。总局和一些邮政所紧跟时代步伐,换成骑摩托车送件,整个社会都在追求速度。偏偏钟小麦不换,骑着他的二八自行车跑他熟悉的线路。他说自行车骑着踏实。线路他也不愿换,那几条线路上的居民成了他的熟人、朋友,好些人家的家底他都知道个八九不离十。而且,线路上有宠物市场、集邮市场,不忙的时候他正好顺路去逛逛。

孔莉骑摩托车上下班,忙碌的她必须提速。在她的五年计划里,列入了购买小汽车一项,驾照拿几年了,就等汽车了。对于她的五年计划,钟小麦未置可否。他越来越沉默,孔莉很久没听他滔滔不绝地谈论动物了。她有时觉得钟小麦像进入了梦游状态,游离在喧腾的社会生活边缘。他们共同的那拨同学,不时有消息传来,班长升迁了,"夜游将军"开公司了,"辉亭鸟"舞蹈得奖了,还有谁谁当教授了,谁谁的生意做大发了。在孔莉看来,唯有钟小麦在原地踏步,还甘于原地踏步,一点奋进的精气神都没有。

钟小麦一成不变地守着每周的《动物世界》,看完首播看重播。阳台一角塞得满满当当,孔莉借女儿的话题发过一次脾气后,她再没看见钟小麦往家里搬动物资料了。有一天,她突然发现阳台上的箱子不见了,留下一处让她错愕的空白,她本想问钟小麦的,可事情一多就给忘记了。她升任了急诊科副主任,要操心的事情实在太多,无暇去留意钟小麦的动物世界搬去了哪里,也无暇去留意钟小麦的变化。

女儿钟琴倒是继承了钟小麦对动物的痴迷,大有长成第二个钟小麦的趋势。父女俩常凑在一起聊动物,只听见钟琴的小嘴巴吧啦吧啦问个不停。孔莉一靠近,父女俩就不约而同地噤了声。后来,父女俩干脆关在小卧室里面,一关小半天,美其名曰辅导作业,弄得一门之隔的孔莉心里酸溜溜的。为了培养和女儿的感情,没有夜班的时候,她哄女儿睡觉。一开始女儿不习惯,嚷着换爸爸来给她讲故事。孔莉特地买了几本童话书,这才稳固了自己睡前陪伴的地位。可她一周少不了值夜班,能陪女儿的时候还是少。

"妈妈,今天老师和我说对不起了。"

"哦,宝宝,为什么呀?"

"宝宝画得棒!"钟琴从枕头下面翻出一张纸。

"这是宝宝画的?真好看!中间的是宝宝吗?宝宝是什么呀?"

"宝宝是会飞的小飞龙!"

居中的小飞龙绿白相间,像长着翅膀的小蛇;左边是张开尾巴的白孔雀,头上别了粉色的蝴蝶结;右边是有着圆乎乎肚子和细长腿的绿驼鸟,歪歪扭扭的长脖子。一个大大的心形将孔雀、驼鸟、飞龙圈在一起,笔触稚拙。孔莉忍不住抱住钟琴,猛亲了两口。

"老师说琴琴画错了,没有白孔雀,没有绿驼鸟,琴琴哭了……"

"哦,琴琴哭了?"

"嗯,爸爸去告诉老师了,有白孔雀,爸爸拿了图给老师看,老师和琴琴说了对不起,琴琴和老师说没关系……"

"琴琴真乖!"

"妈妈,真的有绿驼鸟吗?"

孔莉语塞,还真没法和孩子解释。想了想,她拿手指着纸上的绿鸵鸟："爸爸就是一只绿鸵鸟呀,绿制服是他的羽毛……"

"妈妈,你可不可以给我做一对翅膀,我是小飞龙,有一对翅膀……"

"好,妈妈给你做。"

那张画被钟小麦装了相框,挂在小卧室的墙上。五岁生日那天,钟琴背着一对白翅膀去了幼儿园。电话里,听起来琴琴很开心。孔莉被抽调到医院定点发热门诊有一周了,省里一个县发现一例输入型"非典"病例,全省拉响了警报。

挂了电话,孔莉躺在值班床上,睡不着。转眼琴琴五岁了,女儿的成长日记,一直是钟小麦在写。她看过了,女儿第一次翻身是钟小麦在她身边,女儿独立迈出第一步是扑向钟小麦,甚至女儿第一次叫"妈妈",也是冲着钟小麦……孔莉翻来覆去睡不着,想象那对用风筝架子、旧衣裳、白纱巾做成的翅膀,和钟琴戴上翅膀的样子。

疫情没有蔓延到省城,孔莉从定点发热门诊撤出,得隔离观察21天才能回家。其间,钟小麦抱着钟琴来看她,隔着两道玻璃门,钟琴骑坐在钟小麦的肩膀上,她特意让钟小麦转了个圈,给孔莉看她的一对翅膀。从生日那天起,除了睡觉,她一直戴着这对翅膀。

"妈妈,爸爸收到了锦旗。"

"哦,爸爸做了什么了不起的事?"

电话里琴琴说不清楚,孔莉示意钟小麦接电话。"没什么,送信的时候发现一个老人病了,帮忙送到了医院。"钟小麦说得轻描淡写。

孔莉在报纸上看到了消息,钟小麦救的是一位80岁的老人。信塞进信箱三天没人取,钟小麦知道这家老人独自生活,儿子一家在国外,老伴去年走了。他不放心,叫了半天门没人应,便通知了管段民警。民警打开门,发现老人躺在床上发着高烧,大小便失禁,钟小麦和民警一起将老人送到医院,又帮着照护了两天,直到老人有亲人从老家赶来。老人出院后,他儿子请人将一面锦旗送到了邮政所。

钟小麦被推为邮政系统学习的典型。这个行业太需要坚守一线的榜样了。大小媒体记者被省局请来挖掘钟小麦工作、生活中的闪光点。都市报的一位女记者为了挖到独家素材,和孔莉热线联络,她说钟小麦太低调、太谦虚了,是个不合格的采访对象,问五句答一句,还干巴巴的,毫不出彩。在女记者的启发下,孔莉全力配合搜索记忆,将两人当年同桌的往事都倾倒出来,还有钟小麦对动物世界的情有独钟。女记者边记录边点头:"太好了太好了,这个有意思……"

"绿鸵鸟"的动物情结——走进一位普通邮递员的精神世界

通讯见报那天,孔莉特地跑了几家报刊亭,买了几份《都市周末》。事先她没告诉钟小麦,想给他一个惊喜。这一天是钟小麦三十六岁生日,文章写了钟小麦鲜为人知的一面——他对动物世界的极度痴迷。女记者文笔不错,让普通邮递员钟小麦散发出了光彩……孔莉将报纸分送给公公婆婆、自己的父母,再将一份报纸装进信封,写上"钟小麦(同志)收",丢进了自家的信箱。这是她能想到的最浪漫的方式。

她家的信箱从来是钟小麦负责管理。她特地换了班,买了生日蛋糕,炒了一大桌菜。钟小麦带着钟琴进家时,手里除了书包，什么也没有。钟小麦的表情和往常一样，甚至显得有点沉闷。

"你爸开信箱了吗？"孔莉悄悄问钟琴。

"开啦。"

"里面没什么东西？"

"信封装的一份报纸，被我爸扔了。"

"扔了？"

孔莉糊涂了。钟小麦到底看了报纸没有？他可知道这是我为他精心准备的生日礼物？钟小麦的表情，让她的兴奋劲儿一沉到底。晚上，等钟琴睡下了，她将报纸伸到钟小麦面前，钟小麦瞟了一眼，没接。

"怎么，不高兴？"

"没啥，你高兴就好。"钟小麦的表情像平展无波的湖面。

蓦然间，漫天漫地的委屈攫住了孔莉。她费心费力为他做这些，居然换得这么一个态度。

"你以为我是为自己吗？我是为了你！你看看，同学有谁像你这样？十多年了没挪过窝，整天骑一辆破自行车，风里来雨里去。现在谁还写信啊？人人都有手机了，谁还有心思写信啊？你难道没有一点危机意识吗？打算一辈子就这样消磨下去？……"孔莉"噼里啪啦"说着，越说越激动。

钟小麦始终不作声，肩背微驼，时光仿佛回到了十多年前的一刻，只是孔莉被无形之手置换成了"夜游将军"。

邮政所旁辟出一块门面，挂上了邮政储蓄银行的牌子。钟小麦有机会转岗到储蓄银行网点担任二把手，可他推辞了。孔莉知道时，已经板上钉钉。她没问他的想法，这样的选择在钟小麦那儿一点不让人奇怪。这位邮政一线的典型人物如昙花一现，很快淡出了公众的视线。钟小麦依然骑着二八自行车，自行车换了一辆，每天跑线路，线路有了微调。在钟小麦那里，生活似乎极其缓慢地位移。可钟小麦又和以前不一样了，他在家的时间少了。

接送钟琴的任务移交到两边老人手上。很快，钟琴就不用老人接送，自己上下学了。她的学习习惯不错，成绩一直保持在年级上游。家务活儿少了钟小麦这把好手，孔莉发现还真是问题不少。以前她很少操心家里的事儿，两边老人的电费、水费都是钟小麦去交的。三家的液化气没了，是钟小麦换了新的扛上楼。三家的米、油，钟小麦负责采买。母亲每月的社保金是钟小麦去取，公公的糖尿病药、父亲的高血压药是钟小麦去药店买，母亲冬、夏用的不同厚度的护膝是钟小麦提前备好，公公用来敷肩背的中药盐袋是钟小麦去医院抓了药方请人炒制的。钟琴的生活学习用品，是钟小麦操心打理，每天的作业检查、签字百分之九十落的是钟小麦的名儿，与班主任、各科老师联系沟通也是钟小麦的事儿……现在家里乱得一团糟，可孔莉不愿向钟小麦开口求救，她也说不清缘由。而一向不求就应的钟小麦也没主动援手，他的心神不知搁在了哪里。两边老人看见他们这种状况，不好说什么，都撑着自己打理日常，实在解决不了的事儿，才开口求助。在短暂的混乱之后，生活不觉又达成了新的平衡。

孔莉实现了买车计划，每天开车上下班，风雨都被挡在了车外。有了车，送老人上医院、办事方便不少。偶尔，时间凑巧，她也接钟琴上下学。这辆车是孔莉的专属座驾，钟小麦没学车拿证，孔莉也不去强求。那次之后，她和钟小麦再没吵过架，她不再对钟小麦提什么要求了，日子没波没澜、不咸不淡地过着，似乎也没什么不好。

钟琴顺利地考进了省重点初中，又考上了省重点高中，这让孔莉深感欣慰。不知不觉，她和钟小麦的两鬓都见了白发。

让她没想到的是，貌似寻常无痕的生活，却出现了一道裂隙。

乍一看到"绿鸵鸟"，孔莉心里一动。都市报上的照片不甚清晰，她凑近去看，飘飞的旗帜上依稀可辨一只形态稚拙的鸵鸟。这鸵鸟挺眼熟，是女儿小时候画的那只？

再看文章，里面几次提到钟小麦，说钟小麦创办"绿鸵鸟动物保护协会"八年了，麾下聚集了同城的八十多人，还有全国各地的网上会员三百多人。协会发起过针对动物保护的许多活动：针对虐猫事件的网上联名抗议，拒绝白色垃圾行动，对象牙制品说"不"，给流浪猫狗一个"家"……写报道的，是当年采访孔莉的那位都市报女记者。孔莉翻出电话号码，打过去，这么些年号码居然没变。

电话那头，女记者感到意外："姐，这事儿您不知道？不是您告诉我，钟大哥是个动物迷吗？"

孔莉不知如何回答，挂了电话。

报道里还提到钟琴，说她是协会创办时最小的会员，和协会一同成长，现在已经是一名经验丰富的资深会员。孔莉想起来，前不久钟琴拿了几个布袋子回家，给亲戚朋友各送了一个，拿给孔莉一个，说是以后买菜必须使用环保袋。布袋装在包里，没几天孔莉就给忘了。钟琴不满，找出一篇文章念给她听。文章讲的是海洋生物深受白色污染之害，每年有800万吨塑料进入海洋，在一条死亡的幼鲸胃里发现了80多个塑料袋，数据惊心，图片惊心……孔莉直感叹，现在学校还真是进步了，孩子都有了环保理念。

孔莉从包里翻出布袋，袋面上印着一只绿色鸵鸟剪影，挺像女儿小时候画的那只，下面一行小字"绿鸵鸟动物保护协会印制"。如果早一点注意这个，她是不是就不会这么错愕？

她将报道又读了一遍，逐字逐句。"绿鸵鸟"协会的根据地，在当年被钟小麦搭救的那位老人家里。老人住在一楼，将临街的屋子和院子无偿提供给了协会。

孔莉在办公室呆坐半晌，在值班床上翻腾了一夜。既然父女俩执意瞒着她，她不打算拿这事去问钟小麦和钟琴。她从女记者那儿要到了协会的电话，用申请的一个QQ新号，加入了"绿鸵鸟"QQ群。在群里，她叫"无名"。"绿鸵鸟"和"小飞龙"是群主，两人的QQ头像是多年前钟琴那张蜡笔画的局部。

"绿鸵鸟"活跃得很，会员询问的所有关于动物的话题，他都能答上来，还滔滔不绝地展开去，仿佛一部动物知识百科全书。他是协会的灵魂人物，负责将各地会员提供的信息进行分析、汇总、梳理和理论提升，再推出适合协会的活动方案，并指导大家落实到执行层面。"小飞龙"也活跃得很，是协会的宣传委员之一。

"无名"在群里一言不发。她说不上话。上班时手机QQ在口袋里振动，她没法看内容，但知道有一群人正聊得热火朝天。回到家，父女俩一个安静地做功课——还有大半年钟琴就高考了，一个锚定在电脑前，孔莉仔细看了，播放的都是和动物有关的视频。

坐在电脑前的钟小麦，肩背微驼，屏幕的一抹蓝光映亮他的脸部。

手机QQ振动不停,"绿鸵鸟"在说话,在回答会员的提问,在布置新的活动。

一切都无声地进行。屋里显得那么安静,仿佛生活波澜不兴。

可是,现在孔莉晓得了,身边这个看起来浑身散发梦游气息的男人,并不是她以为的那样。

一腔情绪在孔莉身体里波涌,激荡,碎裂又重组。她得适应那道裂隙的存在。

两个月后,"无名"第一次在群里"说话"。她发了一个视频,电影《老炮儿》片段。笼子里的鸵鸟不知怎么跑了出来,跑到了大街上,越过人流和车流,在大街上拔足奔跑,准备赴约的老炮儿骑车追着鸵鸟,冲它大喊:"跑啊你,快点跑,跑……跑啊哥们,快跑……"

孔莉没想到鸵鸟跑起来是这个样子,高昂着头,细长的双腿快速迈动,步幅大得惊人,看似臃肿的身体显得那么轻盈。它纵情奔跑的样子,让孔莉震动。

"绿鸵鸟"艾特"无名":谢谢你发的视频,让我有了这次活动的创意,今年的"世界动物日"我们将进行一次"别开生面"的表达……

还有半个月,是"世界动物日"。活动主题敲定:"还动物自由天地",呼吁人们不要猎捕、虐杀、贩卖野生动物。会员们分头收集动物惨遭虐杀的图片和文字资料,陆续发到群里。那些画面让孔莉不忍直视。资料由"绿鸵鸟"汇编整理,"小飞龙"设计制作成十几个展板,"世界动物日"那天在中心广场展出。同一时间,协会还将开展一次"绿鸵鸟行动"。

活动那天,天色未亮,孔莉做好了早餐,在父女俩醒来前悄悄出了门。

她开车先与都市报女记者会合，两人将东西运到出发点。九点整，数只"绿鸵鸟"将从城市的不同方位出发，一起奔向中心广场。"无名"是其中一只。

她的装备是都市报的女记者帮忙领的，后者答应替她保守秘密。她们已经秘密练习了几天。对于"绿鸵鸟行动"，女记者激动不已，她说这样的活动在这座城市前所未有，她将写出一篇与行动的精彩度匹配的报道。

在女记者的帮助下，孔莉将"绿鸵鸟"的头高高竖立起来，双腿套进灰色的裤套，身子钻进胖乎乎的鸵鸟外壳。鸵鸟身子设计得不错，前、后、左、右各有一块透明的塑料薄膜，可以看到四方外景。内部空间宽适，不影响骑行。这是钟小麦的设计。孔莉发现他还挺有设计天赋。

孔莉小心翼翼地将身子挪上自行车座，把前面的塑料薄膜调整到眼睛的位置，戴上灰手套的双手从洞口伸出去，握住车把。

喧嚣退远，她听见了自己的呼吸声，一下一下。世界变得不一样了，纵深向前，笔直去远方……

骑行路线约一千米，也是钟小麦精心设定的。女记者将骑着电动车跟在她身后。每只"绿鸵鸟"都有这样一位守护天使。

九点五十九分五十九秒，孔莉深吸一口气，右脚用力一蹬，车滑行向前，车把打个晃，被她掌稳了。两边的景物开始匀速向后滑行，越来越快，越来越快……

风拂过双手，从空隙处钻进来，化解了内部的憋闷感。孔莉握紧车把，用力蹬动双腿，越骑越流畅。

昨天，钟小麦在群里说：鸵鸟是世界上跑得最快的鸟，每小时可以跑七十二千米，比马跑得还快。他说：奔跑吧兄弟姐妹们，没有什么可以阻挡一只锐意奔跑的绿鸵鸟！

孔莉用力蹬动双腿。她仿佛看见一只绿鸵鸟高昂着头，在洒金的阳光中拔足奔跑。风吹拂着它身后的旗帜，猎有声。远远地，视线里出现了一只绿鸵鸟，又一只绿鸵鸟……

绿鸵鸟们像数支箭镞，射向中心广场。

局部有雨

门球场终于从愿望变成了现实，功不可没的老黄才真正融入了这个小圈子。

住进龙鑫小区大半年，老黄的活动范围都在小区外围，走走亲戚，回回老家，见见老朋友，会会老同学。对南城熟知的人，听说他住在龙鑫小区，都说："老黄你好福气啊，生了个有出息的儿子。"老黄想笑得含蓄，可一双双眼睛里的惊诧、赞叹、艳羡或者更多复杂难名的情绪，让他难以笑得含蓄。以至于到后来，他不待人问，会主动地牵引话头拐向龙鑫小区。

大把大把的时间打发起来，并不像想象的那般容易。熟悉的人见了个遍，老黄走出小区大门就不知往哪里去了。各人有各人的日常生活，关于龙鑫小区的感叹再强烈，也只是一股子风，风覆盖不了漫长得无边无际的时光，和宽阔得无边无际的生活。

小区院子里，老黄去待过。几个老头在中心亭里下棋，或泡杯茶水聊天。下棋者专注得旁若无人，聊天者眼风偶尔瞟向他，轻飘飘地一带而过，仿佛他是晃来晃去的一抹影子。那里是小区的正中心，花团锦簇的，于老黄却是坚硬的核。买这套房时，卖主要求现金全款，儿子二话不说取钱，现金在桌面上砌成一堵小墙。老黄和老伴看着心慌，悄悄拽儿子的衣襟，附耳说就买个偏僻点的房子就成，反正他们都退休了，没啥要赶的。儿子笑得气定神闲，将老黄的手轻轻拂开，冲着对方说："何时交房？"

"爸，您要像一枚楔子打进龙鑫小区。"儿子说这话时漫不经心地泡着茶，正山小种，香气袅袅。老黄仿佛第一次看着这个被自己一手抱大的小子，在心里感叹，当初他想学画时，自己挥起的拳头幸亏没落下，否则就打掉了今天的这一切啊。儿子在老黄的视线之外，磕磕绊绊地长成了一个画家，不只在南城知名，在省里也知名，听说有画作卖到了新加坡和马来西亚，一家新加坡的文化公司已经包下了他未来十年的所有作品，订金就是五十万人民币，比老黄一辈子的积蓄还多。

老黄一个本本分分的小公务员，在四平尺的办公桌上耕耘了一辈子，过了六十岁就只有佩服儿子的本事了。他时常感叹自己和老伴怎么生出了这么一个人物。人物，老黄在心里这么定义儿子。

作为一份十岁生日礼物，儿子让自己的儿子去欧洲玩了一个月，回来后孙子就满嘴的中英文混搭了，"欧科""古德""艾坡""布雷克"，弄得他和老伴云里雾里，只能配合地傻笑。作为一份退休礼物，儿子砸下百多万，让他"像一枚楔子"打进了龙鑫小区。可老黄感觉小区的核太过坚硬，他这枚"楔子"进是进来了，却被夹磨得心里发慌，脚步不稳，浑身不能舒坦。这龙鑫小区的气场是太强大了。

卖房给老黄家的，就是原来宣传部的一位副部长，急着去外地带孙子。

"您怯啥？你们现在有个共同的身份——退休者。不，你们还有一个共同的身份——龙鑫小区业主。说起来，他们还不一定比您有福气，他们的儿子还不一定有我这么孝顺呢！"儿子将茶杯放在鼻子下嗅嗅，吸一口气，气定神闲。

儿子的话多少给老黄的心里灌注了些底气。他终于在中心亭里坐了下来，也抱着杯茶水——儿子拿来的正山小种。

天渐渐凉起来，虽然小区内的树木被侍弄得葱绿蓬勃，空气却干冽了许多。不发一言坐久了，寒气就从脚板心那儿蛇一样往上钻。老黄一边在心里命令自己，坚持住坚持住，一边不停地往嘴里灌送滚烫的茶水。

　　他的搜入，让聊天的两位老干部住了嘴。下棋的那边却热闹着，传来一波一波喧声。老黄沉浸在寒冷和滚烫的交汇中，一时竟有梦中之感。

　　不知是谁先打破僵局，待老黄缓过神来，聊天已经如常继续了。老黄从两位老干部的聊天中，得知了他们关于建一个门球场的心愿。

　　老孙第一次在小区亭子里出现时，老黄就注意到他。在他身上，老黄仿佛看到了几个月前的自己。起初，老黄没打算去拯救他，像其他人一样，眼风轻飘飘地拂过，和龙厅长、陈部长专心致志地将球滚来滚去。老孙站在场地边笑得殷勤，偶尔喝下彩。老黄看出来，他满心满肺地想加入进来。可在了解他的底细之前，老黄不打算第一个和这个满身市井气的老头搭话。

　　这时候的老黄已经能和老业主们自如地谈笑了，虽然话题不深，还停留在一起让球滚来滚去的阶段，但他的身心开始放松下来。接触之后，他发现这些老干部不难交往，龙厅长的架子还没被岁月磨去几分，而陈部长就和蔼得像个老朋友了。而且，他发现两个人慢慢地对他有了情感期待，若是某一天他因事没去打球，晚上就会接到电话，问他今天咋啦，缺一个人不好玩。那几个棋迷的兴趣点不在门球上，怎么想办法也发展不成门球迷，打门球的只有他们三个战友。老黄尽量让着两位老干部，慢慢地，好胜心冒出来，有时为了一个模棱两可的球，他也会争上两句。

　　门球场原来是个羽毛球场，刚铺上塑胶地面，画上框框线线，拉起网没几月。这里本是方便小区人健身的，可一起弄来的双位双杠、上肢牵引器、腹肌训练器、骑马器、扭腰摩肩器、秋千架那儿都热热闹闹，唯有占据老大一块地儿的羽毛球场冷冷清清。南城冬天风大，春天风也大，没风的时候兴许又有雨，开始还有人在这里挥两下球拍，时间一长就不见人影了，等于一块黄金地闲置着。龙厅长有一次去公园，看到几个老人在打门球，看着那球不偏不倚地滚进洞，心思就给击中了。小区老人多，他想把这闲置的羽毛球场改造成门球场。

他先是和陈部长念叨这事，两人一拍即合，去找物业。物业的工作人员倒是态度亲切得体，说我们得向领导汇报。一个星期后再去，说领导的意见是羽毛球场刚建起来，且适用人群广泛，不宜改造成门球场。从物业管理处出来，龙厅长和陈部长就有些激动，一连几天的聊天话题都围绕这个展开。他们讨论出了充足的理由，再次去找物业，说你们本意是方便小区人锻炼身体的，可这羽毛球场使用率极低，龙厅长还列出了一个统计数据，八天时间只有一对父子在上面划拉了十五分钟，且孩子才五岁，拍子都拿不稳，球也打不过网，父子俩只好打半场。物业工作人员依然礼貌得体，说会尽快将他们的意见转达给领导。

一个星期后，物业方面给出了答复：这是市里统一规划建设的，每个小区要引进便民的健身器材，而可选择的项目中没有门球。他们也无能为力。

龙厅长和陈部长气鼓鼓地回来了，继续讨论。

老黄就是在这时坐进了中心亭。

老黄听见了两位老干部的抱怨。龙厅长说官僚作风还在盛行，什么领导，连面都不露一下，办事效率这么低。龙厅长的儿子住在隔壁的紫金香苑，物业周周到到、体体贴贴，反映个什么问题，一个小时内回复电话就打来了。

转天，两人又去了物业，他们一起斟酌着手写了一份意见书，先打了草稿，涂涂抹抹地修改了两遍，再誊抄在纸上，页面干净整洁。话传话多少会走点音，他们寄希望于文字可以准确无误地表达他们的意愿，而且按照他们的经验，形成文字才方便送达领导。他们还严肃地要求工作人员，让领导一定要重视他们的意见，尽量答应他们的要求，如果不答应，也要用文字的方式给予回复，说清理由。

工作人员被他们认真的态度感染，姿态端正地将意见书接了过去，将两位老干部毕恭毕敬地送出了门。三天过去，却迟迟不见回音。龙厅长、陈部长彻底失去了耐心和老干部的风度，再次闯进物业管理处，语气里带了些火气。工作人员小心翼翼地回复："领导刚好出差了，还没回来，因为您需要领导亲自回复，所以只能耐心等待。"

回到中心亭的龙厅长和陈部长，语调不觉高了八度。龙厅长行伍出身，嘴里不自觉地带出了街骂。老黄不言不语，可不声不瞎，回去就把这事和儿子说了，儿子一笑："这么简单的事……"就是迂腐。老黄问："你有法子？"儿子笑而不答。

又一个星期，龙厅长和陈部长从物业管理处回来，一个脸涨得通红，一个脸气得煞白，老黄就是在这时和他们说了第一句话："没办成？"

正在气头上的陈部长和龙厅长，这下找到了倾诉对象，将一张纸递给老黄，上面打印了六行文字，末尾一个龙飞凤舞的签名。龙厅长将这页纸抖得"哗哗"响："这、这、这，你说他们有半点为人民服务的精神吗！"

六行字表达的其实是两个字的意思——不能。理由还是原来那些理由,只不过从口头语转换成了书面语。

睡过午觉,再到中心亭的老黄,就知道这事办得不顺。龙厅长和陈部长都黑着一张脸。

就是在那天晚上,老黄给儿子打了个电话。他没对儿子开过口,这是第一次。三天后,儿子打电话给他,这事搞定了。坐在中心亭里的老黄,看看身边的两位老干部,回了个"好"就挂了电话。

他没言语。当天下午就有人在羽毛球场忙开了。龙厅长和陈部长恢复了元气,跑过去这里指点一下,那里指点一下,保留塑胶地面还是恢复水泥地面,设计哪几个洞口……老黄坐在亭子里,一脸含蓄又舒畅的笑意。

这事的真相被龙厅长和陈部长知道,已经是一个月后。这一个月里,老黄总是在中心亭坐坐,又在门球场边看看,一天的时间竟也很快就打发掉了。那天,老黄还没走进中心亭,龙部长就响亮地冲他打招呼:"老黄,来啦!"老黄有点意外,随即舒畅地笑了。

"你也喜欢门球,怎么没听你说过?"老陈也笑得异常热情。

"谈不上喜欢,每天总得找点乐子不是?"

"哈哈,这话说得是。你也来一局吧。"

老黄有点意外,迟疑一下,接过了龙厅长递过来的球杆。

"听说你儿子是个画家,很出名啊!"

"犬子不才,胡涂乱抹的,混口饭吃。"老黄答得谦虚。

"物业管理处挂了两幅他的画。听说他和物业的经理很熟啊。"

老黄脸上的笑意更深一分,恰到好处地掩饰了他的意外。

他专注地瞄准洞口，球杆轻轻一送，球滚过了球门。

老孙出现半个月后，老黄发现他并不住在龙鑫小区，而是紧挨着的那个新楼盘——紫金香苑。再半个月后，老黄第一次和老孙搭上话。他看出来老孙喜欢门球，看他们打球的神情仿佛孩子见到了心爱的玩具。可龙厅长和陈部长没有开口，他就不好邀请老孙加入。

原来，老孙的儿子是个生意人，手里买了几套房。紫金香苑这套是复式楼，楼上楼下加起来两百五十平方米，可只有老孙和老伴两个住。他说房子大了也瘆得慌，到处装饰得明晃晃的，晚上起夜时，冷不丁地瞥见一个人影子，冷汗嗖地就钻了出来，再定神一看，是玻璃反映的自己的身影。"说到底房子是靠人的活气养的。"老孙这话说到老黄的心坎上了。

这辈子老黄不怎么喜欢和生意人打交道，觉得那种骨子里的精明劲儿，自己承受不住。可搭过几次话后，他知道老孙算不得生意人，他先是在城郊种着一亩半分地，后来觉得熬不过那份苦和单调，拼进城里来，在工地拎过灰砌过墙，贩卖过水果，跑过出租车，苦了大半辈子还不如儿子的脑瓜子一转一绕。儿子也从工地上做起，却走上了另一条路，先当包工头，做一家装修公司的项目经理，再到自己成立公司，生意越做越大，连两个妹妹也一起照顾了，大大咧咧对他说："老头子，你和妈就尽着享清福吧，这家里有我！"

可老孙闲不住。两只转磨惯了的脚，自动带着他四处转悠，一来二去发现了这片清净地，发现了这个门球场。

龙鑫小区是南城最早建成的几个楼盘之一，许多省直单位团购了住房，但不是大批量、全覆盖的。物业辗转换了几家，加上后来卖房买房的渐渐多了，在管理方面反不如紫金香苑来得谨严有序，老孙得以自由出入。和富丽堂皇、门禁森严的紫金香苑相比，他更喜欢这里，每天一出门，不知不觉就拐到了这儿。

虽然和老黄搭上了话，但老孙有很长时间没能融进这个小圈子。后来是一场规模不大不小的中风成全了他。不知怎的，龙厅长和陈部长看见突然消失了数月的老孙以一种崭新的面貌出现在院子里时，就自然而然、毫无阻碍地接纳了他。

这场中风落下不太严重的后遗症，虽然动作有点缓慢，平衡也时常显得岌岌可危，但老孙还可以自主行动。他的整张脸被疾病分成了两部分，右嘴角被一根无形的线提了起来，连带着右脸的纹路也更丰富了些，颧骨的坡度陡峭了，右眼角微微皱缩成仿佛有无数细小水流注入的盆地。这样，老孙的脸就佩戴上了一层略带顽皮和天真气的恒常笑意，这消泯掉了他原来眉眼间的一股子狡黠劲儿。

有时，老黄看着老孙不对称的笑脸，会觉得他很累，仿佛故意做出来的，可显然不是。面貌一新的老孙坐在一边，乐呵呵地看着他们三个，嘴里不时发出真实而混沌的笑声。正是那类最好的观众。

进入夏天，老孙套进了一件透明的塑料雨衣里。这是他老伴的主意，也是一场暴雨的后遗症。

南城多雨，尤其是夏天。那雨说来就来，连眨眨眼睛的工夫都不给。那场暴雨就是如此，来得不由分说，气势凶猛。当时老黄三个正在打球，都没带雨具，可他们能跑，家也近，等他们各自跑回楼道，才想起老孙还遗落在雨地里。老黄回家取了雨具拿给老孙，雨柱将伞砸得东倒西歪，等他到达在雨中艰难挪步的老孙面前,老孙已经被淋了个浑身透彻。

那天恰好老孙的老伴去了超市,更巧的是,一朵雨云只将雨降在了龙鑫小区和周边不大的地面上,沃尔玛那里依然是干爽天儿。当晚老孙发起了高烧,将老伴吓得半死。她不可能不出门,天不可能不下雨,从那以后,两人每晚雷打不动地看天气预报,回回天气预报的结尾,那青春靓丽的播音员都以清晰标准的普通话补充一句,"局部地区有阵雨(或小雨/中雨/大雨/暴雨)"。任何地方都可能是那"局部",也就任何时候都可能有雨。

老伴以一个普通农妇的智慧想出了解决的办法,于是,整整一个夏天,老孙就待在了一件透明的雨衣里。

起初,老黄几个觉得好笑,指着老孙的雨衣不说话,只笑。杯弓蛇影、草木皆兵、杞人忧天、未雨绸缪之类的成语,滚动在舌尖上。老孙总是配合地发出他真实而混沌的笑声,笑纹更加蜿蜒曲折,他缓缓地吐出几个字:"局——部——地——区——有——雨!"

终于有一天,当老孙再次吐出这几个字时,龙厅长没有笑,而是极其严肃地分析道:"细想想,这真是非常高级的一句话!""高级"一词是龙厅长孙子的口头禅,听得多了,就移植成了龙厅长的口头禅。

"你们想想看,这看不见的'局部',飘忽不定的'局部',无懈可击的'局部',城市范围这么大,有了这句话,他们就实现了百分之百的准确率啊!你这里预报的是雨天,果真下了雨,你就是那'局部'。你这里预报的是晴天,意外下了雨,你也是那'局部'。就算你这里预报的是晴天,果真又是晴天,那别处可以是'局部'啊……"

龙厅长这么一分析，老黄和陈部长也收了笑，细一琢磨，这"局部"还真是"高级"。

从那以后，这句话成了大家的口头禅。谈论天气的时候，或者谈论某个与天气无关的话题的时候，"局部有雨"几个字就会冷不丁地从某个人嘴里蹦出来。然后，大家就心照不宣地相视一笑。

莫测的夏天终于过去了，南城的秋天干爽，阵雨的发生频率骤降。尽管气象播报员依然一丝不苟地在末尾加上"局部地区有小雨／中雨／大雨"，但南城成为"局部"的可能性大减。老孙终于从透明塑料雨衣中解脱出来。

偶尔，他也加入门球大战，用他还使用得不太熟练的左手握杆。大多数时间，那球像他的步子一样平衡不稳，可这样大家开怀的概率也就大增了。有老孙加入，老黄再不用谦让，垫底的永远是老孙。他和三个战友厮混得熟了，相互开始打趣、调笑、争执，龙厅长、陈部长当着老黄和老孙的面聊起家事来，也不再避讳。

不知不觉，老黄养成了看天气预报的习惯。逢到"局部地区有雨"的日子，他就会带上一把伞。老黄不言语，这伞自然是为老孙带的。老孙行动不便，他家离得远，每天携带雨伞对他来说是负担。逢到下雨，老黄就撑伞送老孙回家。他有事的时候，陈部长送过，龙厅长也送过。老孙不言语，心里却感动。忽然有一天，老孙的老伴跟着他来了，手里还拎着四根门球杆，一人一根。

龙厅长三个欲推辞，老伴指指老孙："多谢你们照顾他，不收的话，我这心不安。"她说得挺真诚，老孙也笑得真实，龙厅长三个只好收下了。

紧接着,老黄的儿子给四个人各配了一套球服。龙厅长给每个人配了门球帽、白手套。陈部长给每个人配了一双球鞋。装配越来越完备,四个人商量了一个名号——龙鑫门球队,由龙厅长担任队长。

老黄让儿子设计了队标,印成一面红底黄纹的旗帜。他们这支四人门球队就有模有样了。龙厅长每天一到门球场,先将队旗插在门球场边,让它随风招展。晚上回家时,摘下来,仔细叠好放进袋子里。有了这面旗帜,感觉就完全不一样了,从游击队蜕变成了正规军。四个人商量着哪天走出龙鑫小区,去和其他的门球队交流交流。

消息来得十分突然。先是市政府的原秘书长老宋好几天没出现在中心亭,接着老孙也没再来门球场报到。刚开始没人将两者联系起来,直到小道消息从不同的渠道曲折地抵达龙鑫小区。

老宋在某天下午被一个电话招去市政府开会后,就再没回来。老宋退下来已经两年有余,突然出事的缘由为何,不同的版本有不同的说法。有说是他原来在下面当县长时的事情,有说是他任开发区主任时的事情,有说是为了新区拆迁那会儿的事情,有说是为了市区某个黄金路段一块地的事情。众说不一,但万踪归一,现在是干部终身追责制,老宋摊上事儿了。

老黄发现龙厅长和陈部长的情绪一落千丈,下象棋那边的声音量也低落了不少。可大家一致缄口,对老宋的事不着一言,仿佛并未注意到他的意外退场。老黄也不好提起这个话头,只在心里感叹。

这些感叹,他忍不住对老孙说了,两人打着伞往老孙家走的时候说的。那天下大雨，雨声哗哗的，老黄声量不敢大，也不知老孙听清楚没有。老黄总觉得在龙鑫，自己虽然像楔子一样打入了，可还是个闲人、局外人、边缘人。和老孙一样。

他原以为老孙会顺着他的话头聊开来，可老孙一味听着，并不搭言。转天，老孙就没出现在门球场边了。

雨断续下了几天，间杂着雷霆之声。这在南城的秋天十分离奇。老黄琢磨着老孙是不是受了风寒。打老孙的电话和他家的座机，都没有人接。

一连几天，积水未干的门球场显得荒寂。大家都聚在中心亭里，人气很旺，可气氛压抑。有几个午后，龙厅长和陈部长都没再回到中心亭。老黄坐了一刻，觉得无趣，也返家午睡去了。

再几天，新消息来了。老孙的儿子也被牵扯到，紫金香苑的一套房子被查封了，老孙和老伴不知搬去了哪里。老黄陷落在失落的情绪中。秋高气爽的天气，门球场却是空空荡荡。

龙厅长病倒了。看起来硬朗结实的一个人，说倒就倒了，查出来是肺癌晚期。一家人全力挽救，请了最好的专家会诊，用了最佳治疗手段，买了能谋到的最好的进口药，可是无济于事。

来年夏天，龙厅长走了。那么高大魁梧的一个人，最后瘦成了一副骨架。

老黄和陈部长去参加了追悼会，老黄还写了一首古体诗，题写在花圈的挽联上。告别时，老黄跟随队伍缓缓向前。龙厅长躺在花丛中央，面容呈现出老黄从没见过的庄重肃穆表情，两颊鼓而饱满，贴两抹红晕，与病逝时判若两人。

老黄驻足，呆呆地望了一刻，眼泪渗出来。仿佛一眨眼的工夫，说散就散了。那面龙鑫门球队的旗帜被他仔细地叠放在柜子里，是龙厅长临终时托付的。旗帜还新，人却不见了，走远了，再也回不来了。

从殡仪馆回来，老黄特地绕道门球场。意外地，在空寂的门球场边，看见了一个套着透明塑料雨衣的身影。

那身影静静地伫立在门球场边，仿佛微微倾斜的字母"I"。细一看，"I"的旁边还有细细的一撇影子，那是一支白色的球杆。

异向折叠

1

刚转到 13 床,手机振动起来,刘子兰没理会,用酒精棉球消毒瓶口,问 13 床早上吃的啥,吃了多久。13 床的父母不在,今天输的一种药不能空腹。13 床不看她,也不说话,他本是个长得虎头虎脑的男孩,五官因频繁抽动失去了原有的平衡,像一片经受高频率微震的土地。刘子兰没见他大声说笑过,每次看到他都是一副沉寂的样子,全然不像个 7 岁的少年郎,就觉得心疼。

14 床照护的奶奶告诉她,13 床一早吃了稀饭、馒头,他妈妈刚出去,应该没走远。酒精棉球刚碰到 13 床的手,一阵猛烈的抽搐就卷过他的身体,紧接着一下又一下。每到打针的时候,13 床抽搐的频率就变快了,又不规律,冷不丁的一下子,就是身经百战的儿童重症科护士也难应付。科里别的护士都不敢给他打针。刘子兰放开 13 床的手,将针头挂上输液管的卡口,先测体温,待他缓一缓。

趁这间隙,她走到走廊上,电话是老妈打来的。上午这时段,老妈肯定知道她在忙,莫不是爸又闹出了什么事?她迟疑一下,拨过去。

"小兰啊,公告贴出来了。"老妈那边闹哄哄的。

"啥公告?"刘子兰心里一松,还好,不是爸有什么事。

"就是拆迁那个,早上刚贴出来……"老妈的声音浮在一片器声中,像在水中沉浮的一节木头,"这一片都要拆……9 月底前得搬完……"

"知道了,等我回来商量。"刘子兰声音没起波澜,心里也没起波澜。

拆迁的消息断续传了好些年，眼见得街对面的电厂宿舍拆了，下米窝那块儿也拆了，就他们这一带一直没动静。现在，终于到家门口了。

老妈似乎挺激动，这里毕竟是她和爸生活了大半辈子的地方，可对于刘子兰没那么重的分量。她老早就明白，嵌在中心城区这么一片低矮简陋的平房区，是城市的一块旧疤痕，迟早得抹干净，像周边一样竖起体面的高楼大厦。这是城市发展的大势所趋。

关键是麻烦。挂了电话，她的心思还在那通电话里挂着，一根丝牵出另一根丝，再一根，再一根……各种合同，杂七杂八的手续，收拾整理，四处找房，搬家，想想都麻烦。后脑的一根神经开始抽痛。压力一大，她就会犯这毛病。

漏了针。13床滴了不到半小时，刘子兰就被他妈妈叫过去，针口旁肿起了一个鼓包。重新打了一针。刘子兰心里有些自责，都是早上那通电话闹的，她应该打完针再回电话的。

下班前，她特地绕到13床那儿，问了问孩子的情况。孩子手上还肿着，她嘱咐24小时内冷敷，24小时还没消的话，再热敷。

护士们都叫13床小强，他7岁生日后开始莫名地身体抽动，用什么方法都制止不住，爷爷奶奶以为他是受了什么刺激，或在外面染了什么坏习惯，又怕他是脑子出了毛病，按着土法子给他吃各种动物的脑子和脊髓，不管用，抽动越来越频繁，程度也逐步加深。常年在省城打工的父母趁暑假将他接过来，在医院做了全套检查，医生诊断是亚急性包涵体脑炎，感染麻疹引起的。小强的父母不理解，孩子患麻疹在4岁那年，像其他孩子一样发高烧、出疹子，也像其他孩子一样退了烧、消了疹子，没落下一点疤痕，为什么别的孩子没事，偏他到了7岁突然冒出这怪毛病。他们执拗地摇头，不肯相信，坚持让医生再查查。"麻疹引起的中枢神经系统退变性疾病，可以在感染麻疹数月或数年后才出现明显症状，等发现时已经没办法根治了……"换了哪个父母，也难接受医生所断言的残酷的现实：这意味着抽动将伴随小强一生。小强妈妈缠着医生，医生将医学术语转化成最简单的文字，翻来覆去直说得口干舌燥。

那天，打扫卫生的阿姨来找刘子兰："护士长你去厕所瞅瞅吧，有个女的在里面哭。"医院里有人哭太正常了，刘子兰没起身。"她锁了厕所门在里头哭，我敲了几次门都没敲开，外面等了好几个病人，我让她们去别的楼层了。她一个劲地哭，哭得我这心里……"保洁阿姨拿手抚着胸口，一副难受的样子。她才来上班没几天。刘子兰只好跟她去厕所。

门敲开了，小强妈的脸哭成了水里泡肿的枣子。这样子肯定没法面对小强，刘子兰让她到护士休息室先缓一缓，泡了杯热茶，温了条毛巾。由于父母的疏忽，小强没有接种任何疫苗。他们本以为孩子生下来八斤多，身体皮实扛得住，没想到害了他一辈子。

从医生那儿出来，小强妈望着睡梦中还在不停抽动的孩子呆呆坐了半天，忽然小强睁开眼睛，冲她软软地叫了声"妈——"。这一声"妈"让她再忍不住，扑进厕所里。没想到自己成了悲伤的泉源，眼泪怎么也收不住，直哭得身子仿佛被抽掉了所有气力。

刘子兰无从安慰她。转到儿童重症室工作五年了，她见过被一块肉噎得心脏停跳的孩子，抢救过来后大脑严重损伤，再也没法正常走路、说话。她见过感染爱泼斯坦—巴尔病毒的孩子，皮肤比纸还脆弱，轻轻一触碰，就有一块皮肤剥落，"体无完肤"成了残酷的现实。她见过抢救了大半年没能好转的孩子，父母在决定是否拔掉抢救设备时抱头痛哭。她见过本来还有着微弱呼吸的孩子，在自己手里慢慢变得冰凉。见得太多了，她知道对于真正的痛楚，所有安慰都是浮皮潦草的，是让皮肤剥落的碰触。所有的苦、痛都得当事人自己承受，自我消化，然后将自己交给时间去疗救。

还没走进上米窝巷，刘子兰看到远处窝挤着一群人，从人缝中看去，隐约可见一张大红公告的上半部分。公告贴在围起御风大厦的墙皮上，这堵墙只抹了一层粗糙的石灰，绕御风大厦的正脸包了一圈。从不高的墙头看进去，原来高耸的大厦门楼玻璃破碎，张着几个大口子，依稀看得见内里耷拉下来的电线、凌乱的钢条、灰败的墙面。走到大厦的背面，仿佛走进了一个垃圾场，堆满了破烂和杂乱之物。十多年前，御风大厦开业时曾轰动全城，她带着爸妈来赶过热闹，人流如织，摩肩接踵，谁承想当年这座城市最时尚亮丽的风景，而今却像个灰头土脸、落魄不堪的弃人。

御风大厦传说要拆好些年了，却一直屹立在江边，身披几年前一场突如其来的大火留下的墨黑烟痕，潦倒又醒目。它仿佛一个疮疤，被尘世遗忘了，却又没被任何人遗忘过，特别是住在上米窝一带的人。刘子兰还记得父亲清醒时，每次走过这里，都会叹息一声："可惜了！"

2

  房东前晚从深圳赶回来，连夜敲她的门，说恐怕得赶紧另找住处了。吴玥有些慌，好半天才镇定下来。正式的消息还没发布出来，等于那只靴子没落地，她暗暗期盼还有回旋的余地。

  她在上米窝租住快三年，这一带要拆的消息浮荡过好几波了，浪头再汹涌，最终也是烟消云散，人们照样蜷缩在一间间狭窄的房子里过日子。吴玥巴望这次也一样，是那只"迟迟不会落地的靴子"。现在可是女儿长跑冲关的最后一刻。

  大红公告贴上墙的时候，吴玥正好从菜场走出来，远远瞅见了一大群人聚在一起。她拎了一条鲈鱼、一只鸽子、一根砍断的猪肋排。隔着人群她听见有人大声念："御风大厦及周边地块旧城改造项目正式启动……"

  走到路口，一阵旋风刮过来，卷起几片樟树叶和尘土，她被灰尘迷了眼，站在路边揉了一会儿眼睛，待视线清晰了再往前走。高考倒计时还有28天，这时候去哪里找房？即便顺利找到新住处，女儿的身体和心理还没缓过来，就得硬着头皮去迈高考那道险坎了。这么一想，越发觉得眼前的巷道乱糟糟的。从她住进来，这里就没有一天干净清爽的时候，各式各样的自建住房，像参差不齐的牙齿，啃噬着本就狭窄的巷道。不知从哪里流出来的污水淌过坑洼的路面，有些还夹杂着可疑的粪便污渍。两个垃圾桶像在街边闲聊的人，没个正形地站着，满得冒了尖，四周散落着垃圾，酸腐气铺了几十米远。头顶上不知谁家挂出的衣物，在风里飘来荡去，她小心翼翼绕开一条秋裤的裤脚，都5月了居然还有人穿秋裤。也不奇怪，这里是城市的留守区，居住的十之七八是老人，还有少量在城市立足未稳暂时过渡安身的乡下人，刚毕业入职的小年轻们。这里是城市的毛细血管，微不足道的神经末梢，却又牵系、安放了那么多人的生活，关系着他们的喜怒哀乐。他们享受着城市肌体最微弱的供血。若不是为了女儿，她断不会住到这样的环境中来。

女儿争气，考上了省重点高中，离家五公里路，得跨过赣江，坐公交转两道车。没办法，她和老赵一商量，成全女儿的最好办法就是同城分居，她陪着女儿在这边租房住，周末女儿休息时，回家住一晚。最后一学期，学校一周七天有课，不止时间，连空气都仿佛没了弹性，她也没了回家的心思，在单位请了三个月病假，天天扎在那间不到十五平方米的小屋子里，感觉自己像喜阴植物，渐渐生出了白色细瘦的根须，身心都爬满了绿色的苔藓。

右拐，光线顿时降下来八度，仿佛一脚跌进了黑夜。往前走第五个门，就是她们租住的屋子。每晚她都去校门口接女儿放学，不放心女儿深夜一个人走这条乌漆麻黑的巷子。昏暗的光线，让身上的燥热顿时沉下去，心眼仿佛也清明了几分。她想了又想，公告刚刚发布出来，涉及三百多户人家，一个月时间肯定没法全盘拿下。还是跟房东打个商量，争取挺过女儿高考那三天，多出点钱也没关系。

刚洗好鲈鱼，准备上锅蒸，吴玥突然听见房东的大嗓门，噼里啪啦，炸鞭一样在门外响，像是在和谁吵架。她支棱着两手，探出头去看，水顺着指尖滴落在地上。隔壁邻居的一张脸涨红得像香辣虾，隔着十来步远，都能闻到绵实汹涌的酒气。

邻居看见她，仿佛有了帮腔的人，声量立马提高了八度。"我签的一年合同，付了半年的钱，才住一个半月，你就叫我搬。搬不说，火燎屁股似的，恨不得我三天就搬走。你说，现在大家都在找房，哪有现成的房子等在前头，我不还得找找看嘛……"

昨天房东也是这么催她的，不过话说得和气点儿，晾晒他的苦衷。他急着办完手续赶回深圳去，儿子给他在那边找了一份小区守门的工作，多请一天假，工资就少一坨，一坨一坨的肉割下去，天数一长，可能半头猪就没了。再长，可能工作就没了，深圳那地儿有多少人伸长了脖子，在盼一份工作啊。

房东有三间屋子出租，单她这么一间小屋子，隔出了可以站一个人的小卫生间，洗澡得站在蹲坑上方，肥皂经常掉进坑洞里，还一个月1500元租金。这一带房租普遍偏高，占了靠近重点高中的便宜。她一直没和邻居男人打过交道，也就出来进去撞见过几次，每次那个男人都冲她笑得，怎么说呢，她使劲想一个贴切的词，对，没头没脑，那男人没头没脑地冲她笑，笑得她心里发毛，只好装作眼神不济，不去搭理他。那个男人好像也没个正经工作，白天在这一带四处晃荡，看起来年纪不比她小，不知为何人到中年寡身一人租房住。

吴玥没搭腔，淡淡一笑缩回了身子。鲈鱼上锅冒出了蒸汽。房子小，很快被雾气和香味占满了。中午她得送饭到女儿学校，老师说哪怕省下十分钟的时间，都是在帮助孩子。中国式家长，哪个不是一心围着孩子打转？好在快熬出头了。女儿的成绩还算稳定，保持在年级前二十名内，按惯例可以上一所985学校。如果成真，她和老赵也算功德圆满了。

还有二十来分钟，她坐在床上发了一会儿呆。看房东这意思，断不会容她再拖一个月时间，咋办呢？她脑子被塞满了乱麻，攒动的人头背后那抹公告的红影子晃得人头晕心慌……她想给老赵打个电话,昨晚他俩说起这事还挺乐观的。犹豫一下,她决定还是先给女儿送过饭再说。

回来的路上,难题迎刃而解了,虽然算不得最好的方案。

离校门口一百来米远有一家快捷酒店,吴玥看见店招牌脑子里一亮,便拐进去问了价格,双标一天138元,前台说住一个月的话,找经理可以优惠点。吴玥脑子里"噼里啪啦"一通计算,就是按原价也不到五千块钱。但吃饭是个问题。前台给她出了个主意,她出了酒店左拐去菜场,一条支巷里有一家小店,专门为附近住院的病人加工营养餐。

店里五个炉灶,火力全开。一团人挤在屋子里,背贴背,肩擦肩。一问,都是自己买菜自己收拾自己炒,按菜的数量给店主交几块钱加工费。店里供应米饭,吴玥揭开锅盖瞅了瞅,又尝了尝,还不错。

吴玥往回走的路上,脚步有点飘,一是低血糖犯了,二是心里也松快了。走进上米窝巷,房东和几个人站在李大嘴杂货店门口说话,看起来都是这里原来的住户。他们有的拥有独栋房,有的像房东一样,手里拿着一套、两套房,多是从父母辈手里接过来的。吴玥从旁经过,听见他们在议论拆迁的事儿,好像住户提早签合同、交房都有奖励。她心跳加快,脚步没停。这事儿她得沉住气,酒店随时可以入住,她不能急着给房东透底,也不想着急和女儿说这事儿,能稳一天是一天吧。

3

评估价终于出来了,李大嘴有点激动,比预想的高了差不多每平方米300元。

消息刚一漏出来，店里就炸了锅。这段时间，杂货店门前特别热闹，大家有事没事都来这里站一站，说一说，杂货店成了最新消息的发布平台。

评估价出来，大家心里悬着的石头算是落了地，第一回合没失手。前段时间，李大嘴没少听上米窝人发牢骚，大家不想折腾，不想搬离，主要还是担心动迁补偿标准太低。抵触情绪最大的，自然是那些在这里住了一辈子的老人。上米窝是他们住得熟透了的地方，出门没几步就是一个五脏俱全的大菜市场，再走两步就是商场扎堆的繁华地段，左拐没几步就进了省里最大的医院，右拐就是一所重点学校，往西散步走个两百米就是赣江，上米窝人常戏称自己住的是"二线江景房"。想剃头了，走几步到大桥底下，那里有好几个剃头挑子等着呢，四五块钱理个头，顺带还将耳朵、鼻子、眉毛都收拾妥帖了，这习惯随着时间流逝，已经刻在了他们的骨血里，让他们进那些亮着旋转灯的洗剪吹美发店解决头发问题，他们一万个不乐意。对于他们来说，生活也就这几样最基本的内容了，若是继续住在上米窝，可以在一公里之内全部搞定，可现在……

这一动迁，他们也算背井离乡了。还迁房离中心城区有十多公里远，搁在几十年前得走上大半天，不就是到了另一地界嘛。大家说得唾沫星子乱喷，李大嘴笑呵呵地听，不时地收一包烟钱，收一瓶水钱，收根棒棒糖钱……李大嘴也属于不情愿的那一拨人，主要不舍得这店面，虽然只有巴掌大，却是他和媳妇的全部生活指靠。搬到再好的房子里，他还拿什么去指靠呢？总不能五十出头就整天睡了吃，吃了睡，坐着等死吧。而且，不用费脑筋想，重新买房得将积蓄填进去，就不知得填进去多少。

价格评估，有他一份功劳。上米窝居委会组织居民推选出5位代表，他是五分之一，和聂主任一起参加了抽签仪式，从6家房屋评估公司中抽出2家来。据他观察，基本上是盲抽，5位居民代表中就是从市财政局退休的蔡伯对这个在行，抽签时由他出手，也不过是从箱子里摸出两张纸卷来，全靠运气。

不过，评估公司的人来上米窝时，李大嘴可是作为居民代表全程陪同了。他为自己，也不光为自己，这评估价可关系着上米窝地皮上的三百来户人家，涉及4万多平方米国有土地上的房屋建筑面积。

不同类型的房屋评估价不同，他的屋子属于砖木结构，价格居中，每平方米8386元。虽然周边好的楼盘单价早过万了，可他们这里不同，棚户区，城中村，有价无市那种，坐在井底望天兴叹那种。想买新房的人，根本不会朝这边打量，买二手房的人也不情愿将钱砸到这里。能有这个价，他知足了。

他家屋子有四十多平方米，被他改造成了前店后屋，住的那半截常年不见阳光，梅雨季节被子又潮又重，他媳妇落下了风湿的毛病，屋子里常年灌满了中药味儿。他妈以前也是这毛病。他毕竟在这里住了五十多年，小时候在这条巷子里厮混、疯跑、淘气，父亲去世后，他又搬回来，接手了这屋子，就像一棵树在这里扎下根就再没挪过窝。他本以为一辈子就指靠这四十多平方米的安身之地了，谁承想动迁真的来了。他估算一下，如果及早签合同，及早搬家，拿到最高奖励金和搬迁补贴，他一总可以到手四十五万左右，加上三分之二的积蓄，倒是可以在城郊地带买一套八十来平方米的三室两厅，小户型，他俩住足够了，儿子回来住也足够了，等儿子有了崽，带着崽回来住，也勉强够了。

只可惜了这店面，看起来生意温暾，可没有租金的压力，这些年也帮他攒下了三十来万。他还不知道往后怎么打算，这是后一步的事儿，得先把眼前的弄妥帖了。

大哥找上门来，在他的意料之中。可他没想到，大哥讲得那么没皮没脸的，不就为几个钱嘛。当年谁又长了后眼睛，不都是按心选的吗，谁也没拿枪指着谁。

李大嘴还记得爸将他们招回来那个晚上的情景。爸当时心里肯定有数了，他躺在里屋的床上，倚着一床厚被子，身上还盖着一床，人瘦得失了形。现在想来，爸得的可能是癌症，常常痛得冷汗铺了满头，却不肯去医院，打听了九味民间药方子，自己煎药吃。可哪里管用？人一天不如一天。现在年过半百的他明白了，爸哪是怕去医院，他是怕医院将手里那点钱全吞没了，还给家里老小欠下一屁股的债，爸不想拖累他们。

那晚，悬在屋顶中央的电灯泡似乎在不停地晃动，让记忆带上了昏黄、混沌的色彩。爸瘦削苍白的脸浸泡在昏黄中，声音像浸了水，说一句都得缓一缓。"我和你妈手上只有这套房子和五万块钱。现在一分为三，房子加上五千元钱是一份，另外两份都是两万元，你们仨自愿选择。不过，选了房的，得给你妈养老送终。我自己的已经备好了，这五千元钱，由老大做主，不必大办，落土为安就好。"

李大嘴觉得头脑发晕，屋子里的氧气似乎不够用。他在建筑工地打工，野地的风呼吸惯了，平时住在临时工棚里，一周或半个月才回一趟上米窝。他以为自己再不可能真正回到上米窝生活了。家中三兄弟，他排行最末，自然是两个哥哥先选。

李大嘴记得屋子里静默了很长时间，大哥才开口，声音很低，他得打起精神才听得清楚。"我就拿两万吧，我成了家，她刚怀上了，你们也知道，她爸早给我们备好了房子，方便照顾孩子。爸这身体指靠不上，妈得照顾爸，也帮我们带不了孩子，我又忙，我们不可能再住回这里了……不过，爸你放心，你和妈我都会管的，一定让你们好好生生、体体面面地过完这辈子。"

大哥说完，爸突然咳嗽起来，妈忙不迭地拿水喂给他，拍抚他的后背。屋子里重新安稳下来，二哥才说话："爸，我和大哥一样吧。我打算明年开春结婚，如果爸想早一点，我们就今年办。芹芹的学校离这里太远，我们打算在学校附近租一间房，省得她每天来回跑得辛苦，她身体一直不好。爸妈你们放心，有我吃的，就不会少你们一口，等我混出息了，给你们换个大房子。"

爸、妈都没言声，一起将目光转向他。他还能说什么，他看看大哥，大哥埋着头；他看看二哥，二哥耷拉着眼皮。他深吸一口气："我搬回来吧。我会守住这屋子、照顾好爸妈的……"

往事历历在目，而今大哥却找上门来，要求将这房子的动迁款，减去两万元后，分成三份，三兄弟一人一份。这是他认为的公平，也是二哥认为的公平。

李大嘴听了，心里寒凉一片，半天没张嘴，闷头抽烟。烟雾封住了他的嘴，也蒙住了他的心。他媳妇走进来倒水，将杯子往桌上重重一顿："我说大哥，当年我不在场，可也听过好多遍当时的情景，爸当初是将妈和这房子一起托付给老李的，这些年我们对妈是尽心尽力，安安妥妥地照顾了她十二年，算是没有辜负爸的托付。当初，爸问你们仨的时候，老李是最后选的，其实没得选，也就是说，你和二哥早就放弃了这房子，况且当年的2万元和现在的2万元是一码事吗，你现在和我们来算这笔账，不觉得亏心吗？"媳妇的声调越来越高，门外不少人探头探脑往里看。

"那折算成三万、四万也可以……"大哥嗫嚅着，声音低得赵大嘴得用力听才听得清楚。

他用力吸一口烟，含住，不往外吐，任烟的力道在脏腑里打滚。他不错眼地盯着地面上的一个坑洞，似乎从这个坑洞望进去，就能潜回到历史的深处。

大哥搓着两只手："妈当年我们也照顾了。这杂货店也经营了十来年，三弟不用白天黑夜地扑在外面，是你应得的福报……"他顿一顿，声音更加地弱下去，"这些年我们都过得不容易，你嫂子下岗了，找了几份工作都不如意。你二哥也转岗了，前年又查出来糖尿病……或者，动迁款你们留十万，剩下的大家再均分，我和老二说说，他应该能接受的……"

"说说？这事该你老大说了算，还是老二说了算？"内里的一股气停止了翻滚，李大嘴一用力，在地上按灭烟头，慢慢悠悠地开了口，"你们倒是可以和地下的爸妈好好说说，让他们评一评理。他们生前你们做了什么，是一日三餐做给他们吃了，还是在他们卧床不起的时候，一趟趟抱着他们上床下床，给他们擦洗身子、收拾屎尿了？爸的骨灰捧回来，我怕你们念想，说要不分成三份，一家一份，平时也好祭拜，你们都说还是放老屋里合适，开头几年你们还回来做做样子，毕竟妈还在，后来呢，都成了我一个人的事，你们想的是什么，是你们自个儿的日子过得顺不顺、好不好。一年到头难得来我这里走动走动，妈走后我们三家何时好好聚过？念你们是我哥，一年三节我都提着礼上你们家里去，叫你们一声哥，也是代爸妈去看看你们过得可还好，回来说给他们听听。你们呢，一年里有几天想起我这个弟弟，想起这里供着的爸妈？现在听到音了，知道上米窝要动迁了，公告上午贴出来，你和二哥中午电话就打过来了，我还不知道你们想什么？我偏不开口，就看你们有没有脸皮开这个口。"

李大嘴望着大哥，语气里没火气，眼睛里也没有，坦荡干净，可一股热腾腾的气流在他心里百转千回。他等这一天好久了。

大哥咳嗽一声，抬手捂住嘴，沉埋下头，半天不说话。李大嘴让自己缓一缓："我早想好了，也和爸妈商量了，"他抬手指一指墙上的两帧遗像，"动迁款无论多少，我给你、给二哥各两万，我不欠你们的，但我要对得起爸妈，我也只能给你们这些了。"

大哥张嘴还想说什么，终是没说，枯坐一刻，驼着腰身走了。

那晚，李大嘴让媳妇多炒了两个菜，倒了三杯酒，一杯酒洒在爸妈的遗像前，另两杯他慢慢悠悠地喝下了喉。

4

女人枯白头发，面色苍黄。"我找聂主任。"米晓兰抬起头："聂主任不在。"

女人眼里流露出一抹不信任的神情，往里间探头看了看。女人身后跟着一个高高大大的男人，也探头往里间看了看。米晓兰虽然来社区实习不到一年，却也把这里居住的人认了八九不离十，她有把握这两人不是住在上米窝的。

这段时间来找居委会的陌生人太多了。来访者多是来扯皮拉筋的，家里的纠纷摆不平了，就找组织来评理。可清官都难断家务事,他们又有多大本事?今天聂主任带动迁办的人上门去摸底,有二十来户情况特殊的户主,估计一天都跑不完。

好在聂主任有经验,知道动迁事体大,麻烦也多,提前找来了两位朋友担任志愿者,都是退休了还愿意发挥余热的热心人,其中一位刘姐特别能说,据说原来在单位做工会和妇女工作,能歌善舞,上米窝的人都叫她刘三姐。米晓兰看看手表,九点半差三分钟,刘三姐快来了。

动迁的资料又杂又多,米晓兰理得头疼,本不想起身,犹豫一刻还是站起来,倒了两杯热水,请两位客人坐下来。

基本是女人在说,像嘎嘣脆的豆子一个劲地往搪瓷盆里倾倒。男人两手紧握杯子,一言不发,显出一副木讷相。米晓兰听明白了,原来他们是住在上米窝103号的赵兴华的姐姐和弟弟。赵兴华也是情况特殊的一户,聂主任一直在多方联系他的直系亲属,现在好了,他的亲属自动找上门了。可是很快,米晓兰弄明白了,他们不是来解决问题,是来问责居委会的。

女人已经倒了一满盆豆子,再倒就溢出来了。九点半过五分了,刘三姐怎么还不来?米晓兰一味点着头,按聂主任说的,不轻易接话,不惹恼对方。赵兴华的情况,她听聂主任说过一点儿,细枝末节却不清楚。说实话,她很怕女人停住嘴,四只眼睛齐齐地望定她,她又能说些什么呢。

这么一想,注意力都集中在了女人的嘴唇上,那两片薄薄的紫红色,高频率地开开合合,竟让她看得迷怔住了,大脑完全跟不上女人说话的节奏。正恍惚间,刘三姐出现在了门口。女人住了嘴,米晓兰得救一般站起身,赶紧将位子让给了刘三姐。

还是刘三姐有经验,没由着女人继续噼里啪啦,而是反客为主，以问代答，屋里的情势很快松弛下来。

刘三姐是上米窝人，她的父母一直住在这里，她买房搬出去住了好些年，倒是退休后回来得勤，上米窝的老人都认得她。赵兴华的事，她知道原委，可她也不敢随便应承这个女人，让女人留下电话，答应等聂主任回来转告。

一上午又来了几拨人，有来咨询搬迁补偿费的，有来质疑面积测算的，也有家庭掰扯不匀来讨说法的，都让刘三姐轻轻松松给对付了。上头万条线，下头一根针，米晓兰来了居委会才明白，这里的工作看似拉拉杂杂，上不了多大台面，可做好理顺真是不容易，何况赶上动迁这样的大事情。

聂主任打来电话让她中午订几份盒饭，一上午只跑了十二户，吃完饭接着跑。吃饭的工夫，刘三姐将赵兴华姐姐弟弟来访的事和聂主任说了，聂主任沉吟一下，给女人打了个电话，约她第二天来居委会。

"她主动上门来，赵兴华的事不是好处理了？"刘三姐看聂主任一脸凝重，忍不住问。

"她是来声讨咱们居委会的，如果不理，没准她跑到这里告、那里告，这次动迁可是市长点名的'标杆工程'，可不能在咱们上米窝出娄子。赵家这事麻烦，关键一直联系不上他女儿……"聂主任这阵子累得脸颊都塌陷下去，匆匆扒几口饭，又和动迁办的人出去了。

米晓兰从动迁办得到信息，截至目前上米窝正式签合同的已有一百六十三户，离最后签合同的期限还有三十二天，这成绩算是不错的。下午来访的人不多，她整理好手头的材料，得空和刘三姐坐着说闲话，问起赵兴华的事。

"这赵兴华是对面电厂的职工，早年谈恋爱的一个女孩，家境挺好的，和他是老同学，工作后才牵上线，女孩家里不同意他俩处朋友，好像闹得很凶，这女孩没扛住压力跳江自杀了，从那时起赵兴华就落下了病根。他在家里闷了一段时间，又重新回电厂上班。他长得瘦瘦高高的，面皮白净，虽然在电厂上班，看起来却像个书生，给他介绍对象的人挺多，可他总是看不上人家，相亲相了好些年，快三十了才和一个女人结婚，没多久就生下了女儿。也不知怎么回事，这时候赵兴华又犯病了，他整天抱着女儿不肯撒手，唤她辛儿、辛儿，辛儿是那个跳江女孩的小名。他抱着女儿的样子，我见过，挺吓人的，仿佛他一眨眼睛一松手就会失去那孩子似的。他妻子不敢让他接近孩子，可他又不肯离开孩子，双方都怕失去孩子，最后妻子和他离婚，抱着孩子离开了他，听说去了南方。他崩溃了，天天在屋子里哭，站在窗外都听得见。那段时间也是奇怪，天天下雨，好像老天爷陪着他在哭。从那以后，他就没法再上班了，整天恍恍惚惚的，像一条瘦瘦长长的影子飘来晃去。巷子里不懂事的孩子跟在后面，叫他疯子、疯子，家长怎么打都止不住。好在他不恼也不叫，仿佛没听见孩子的叫声。他呀，仿佛一直活在另一个世界里。不过，有时他会清醒一阵子，看起来像个正常人一样，和人轻声细语地说话，就是身体虚弱得很。单位可怜他，分租给他一间15平方米的公房，那时的公房，卫生间算公用设施，厨房也是，后来房屋改造，都变成一户一厨一卫，他的房子算下来就有了二十七八平方米。按照政策，公房的承租人拥有使用权，这次动迁能拿到动迁补偿金的百分之八十。赵兴华的姐姐弟弟就是冲着这笔钱来的。"

"这房子是赵兴华承租的单位公房，关他姐姐弟弟什么事？"米晓兰不解。

"说来话长,赵兴华长期没人照顾,病情越来越严重,到后来生活都没法自理,他的姐姐弟弟也没来管过他,前妻和女儿毫无音讯,居委会看他一个人实在是可怜,将他送进了养老院。他的养老金存折由居委会代管,每个月交给养老院1500元,那里有政府补贴,费用也不高。他一个月吃药、看病大概花费1000元,每月养老金还剩下800元左右。在他清醒的时候,居委会征询他的意见,将房子租给了一家外来户,每月1500元租金,这些都存在他的银行户头上,由居委会监管。这还是上一任居委会主任手上的事儿,聂主任接手后,延续以前的做法。不过,她觉得居委会监管并不稳妥,一直想找到赵兴华的女儿,女儿有继承权,也有赡养赵兴华的义务,可一直没找到。"

"那赵兴华的姐姐指责居委会,在理吗?"

刘三姐抿着嘴,半天没说话:"这事,得看聂主任怎么处理,别弄出什么大动静才好。"

刘三姐没正面回答,可她的话和表情,让米晓兰明白了,虽然是遗留问题,但被这场动迁翻上了台面,居委会不能不正视这事儿。

5

那个耳机样的黑东西,卡在纱窗一角的后面,半隐于尘垢与枯叶间。不是吴玥站在小板凳上取莲蓬头,根本发现不了。房东原来的莲蓬头出水小,吴玥买了新的换上。还是老赵说丢在这弃屋子里也是浪费,拆下来还可以用。

霍地一下,吴玥用力拉开纱窗,早就不听使唤的窗框脱离轨道,像个半身不遂的人软下半边身子。

小东西拿在手里，上面还连着一小段线。血往头上涌，吴玥脑袋里像一锅煮沸的水。她从小板凳上下来，盯着这东西看了半天，冷汗铺遍全身。窗外突然蹿起一声蝉鸣，她浑身一激灵。这是她今夏听见的第一声蝉鸣。

　　卫生间的窗户是房子改造时敲出来的，为了采光透气。小窗不到一肘见方，小得进不来人，没装防盗网，离地面距离不到两米。外面离地略高，不过垫个石头、板凳就能够到。吴玥喜欢开窗透气，这种老式楼体量大，走道从两侧楼体间穿过，屋子里的空气没法对流，又在一楼，常年湿闷阴潮。蚊虫多，蟑螂也多，吴玥刚住进来就安了简易纱窗，没多久拉坏了，她图省事，不再每天开关玻璃窗，风大天冷的时候就关上卫生间的推拉门。

　　她仔细回想。最近一次清理窗台纱窗是什么时候？春节前，她只打扫了窗台，纱窗软塌塌的，根本没法动，就由着它积满了尘垢。最后一次推开纱窗是什么时候？大概是去年12月底，寒气太重，她试着拉开纱窗没成功，搬了小板凳从外面推上了玻璃窗，那时候应该还没这东西。从外面推上后，窗户一直没锁死，这东西会不会是那时段……不会。天气转暖后，她又从外面拉开了玻璃窗，当时应该也没有这东西。

　　房东春节回来过，但他不可能，常年在外地，没啥可图。那只能是他了！那个孤身潦倒的男人。吴玥越想越肯定，一阵恶心，呆怔半响。不甘心地努力回忆细枝末节，她和女儿被窥视多久了？一时间，满屋子仿佛都是窥视的眼睛。

　　她想去敲隔壁的门，犹豫一下，终是没去。即使是他，他哪里会承认？报警，就一个孤证，凭什么指认是他？

　　还是不甘心，她去找房东。房东面前摊着一大堆表格，抬起头来看她的眼神都是迷怔的。她说了两遍,房东才回过神来:"哦,你说老宋,搬走了,前天就搬了。小陈也搬了。我说,你也不能再拖了,最晚这周六……"

吴玥不接话,转身走出来。想想,还是不甘心,这种人搬到别处去,肯定也会祸害人,不能让他逍遥,以为骗得过全世界。转身进屋,冲着埋头填表的房东:"你有老宋的联系方式吗?"

"咋,他欠你钱了?"房东抬起头,想笑,被吴玥的表情给憋了回去,拿出手机翻找起来,"看看,看看,他叫什么来着,还真没他的手机号码,当时是委托中介,现在连那个中介也找不见人了,你知道的,干这行的流动太快……"

吴玥不依不饶:"那你总有中介的联系方式吧,电话、微信都行!"

房东将手机举给她看:"我上个月联系他,电话就不接了,微信也发不出信息了。你看这个红感叹号。告诉你实话,他连老宋这半年的租金都没转给我……"被戳到痛处,房东开启了喋喋不休的倾诉模式。吴玥强打精神听了一会儿,找个语流的缝隙走出来。

邻屋的门锁着。即使能进去,吴玥也不知道自己能找到什么。她拿定主意不和老赵说,他那脾气,万一吵嚷得女儿知道了……一想到女儿,吴玥冷静了,就当吃个哑巴亏吧。

这边心思搁下了,那边不能不考虑。房东指望拿最高比例的奖励金,早一天交房就意味着他不仅可以早一点返工,还能拿到更多补偿,她不能断人家的财路。她给老赵发了个信息,让他下班直接来这边,有些东西得搬到酒店去,特别是女儿的资料,沉得很。东西她已经收拾得差不多,随时可以住过去。

饭焖熟了,老赵才回信息:晚上得加班,不知弄到什么时候。企业做财务的,不知为什么有那么多班要加,家里的事,平时起不了作用,关键时候也顶不上。吴玥心里的委屈,这时化为一股怨气都指向了老赵。

这房是老赵挑的,图价格划算,结果让她和女儿受这委屈。她苦撑了三年,担子都压在她身上,老赵倒是逍遥了几年,该玩玩该吃吃该睡睡。

一勺盐甩下去,心里"呀"一声,尝一口,果然咸了。又加糖,加水,调了调,算好的时间晚了四分钟,女儿已经在校门口等得着急了。

"还以为你被车撞了……"女儿话说得唐突,不过让她心里一暖。女儿的身量超过她一个头了,最近这一年个子冲得飞快。

"慢点吃,不赶急。"话音没落,女儿的身影已经消失在一群穿校服的孩子中间。她伸长脖子,依稀看见女儿进了教学楼才回身。

匆匆扒了两口饭,开始蚂蚁搬家。先捡轻的搬,本指望老赵赶过来的,到八点眼见得指靠不上了,提了最重的两大袋书,五步一歇地往前挪,里外都被汗湿透了,心里掂量着还来不来得及冲个澡再去接女儿,一想到洗澡,心里硌硬一下,暗骂一句"混账老宋"。

东西都堆在前台服务员的休息室里,值班女孩有一张笑意盈盈的满月脸,没有为难她就答应了。这是一整天唯一让吴玥感到欣慰的事儿,像极度干渴后,仰头喝干一杯水。

没了重负,甩着两手往回走的感觉,真好。巷子里不同于白天的喧闹,两只流浪狗相跟着在垃圾箱旁嗅来嗅去,一白一黑,毛发凌乱打结,白得已经不纯粹了,黑得也不纯粹了。吴玥忽然心血来潮，蹲下身来，伸出手召唤那两只小狗。白色的那只定在那儿，一动不动望着她。黑色的那只往她走了两步，一条腿跛着，也只走了两步，就停住了。双方对视一刻，小黑狗埋下头，又在垃圾里翻找起来。

一盏孤灯在巷子尽头亮着。这一片都在拆迁范围内，稍微完整的墙面上都嵌着硕大的"拆"字，笔画随意，一副玩世不恭的样子。那些低眉陈旧的屋子暗黑着面孔，不见一丝光亮。吴玥听见自己的足音"橐橐橐橐——"，响得异常孤寂，仿佛走在一片荒景中。

6

刘子兰很后悔，三年前爸说"后脑勺很空"时她没在意，她关心他的血压、血脂、血糖，观察有没脑梗死的征兆，却压根儿没想到老年痴呆会找上她爸。有段时间，妈向她抱怨，说她爸真是越来越固执。这不是老人的通病嘛，老妈固执的级别也不低。她倒是觉得老爸越来越爱说谎，同一桩往事从他嘴里讲出来，和老妈的不一样，和她记忆中的也差了很远，甚至背向而驰。后来她才知道，篡改记忆的不是她爸，是他脑子里那些神秘的神经元。

确诊后，她给爸买了一只定位手表。那时她爸一说话就流口水，透明的液体淅淅沥沥地往下落，落得爸不知所措，一脸羞愧。这也不是爸的错，同样得怪那些不负责任的神经元，还有安理申。仅仅吃了半个月的安理申，爸就变成这样了，她简直不敢想往后的日子。她上网查，老年痴呆吧里都是求助、无奈、哀告、悲伤。这是一种不会逆转的疾病，她只能眼睁睁地看着老爸向一处深洞滑落，只能祈求那段滑行的斜坡可以缓一点、长一点，她还有能力拽住爸的手。

黑色的定位手表，后来进了雨水，自动关机。那天，老妈一没留神，老爸就自己走出了家门。拐出上米窝巷时他嘴里含着一包口水，"嗯哪嗯哪"地和老邻居们打招呼。再走到大街上，站在车流不息的十字路口，他就迷糊了。他想回家，可到处都像是回家的方向，然后一场暴雨哗地砸下来，将他彻底砸晕了。

刘子兰接到老妈的电话，紧急找人替班，找了一下午，又找了大半个晚上，深夜一点接到民警的电话，说有位迷路的老人，脖子上挂的牌子上有这个电话。刘子兰见到爸时，他坐在派出所值班室的长椅上，裹在一条浴巾里，看见她，发出呜呜呜似哭非哭的声音。她拼命憋住眼泪，这哪还像记忆中的爸爸，那个从部队转业回来说话中气十足、走路始终挺胸昂头的爸爸。人是多么不堪一击的物种。她也算见过了生死，挽救过、也送走过很多危重病人，可老爸生命滑坠的过程让她感觉格外无助、悲伤，乃至绝望。

手表修好后，重新戴在爸的手腕上，她又悄悄买了一枚超强吸力的扣子形定位器，让妈在爸每次换洗裤子后，别在干净裤子的口袋里。这枚扣子形状的东西，帮她一次次找回了迷失在家门外的爸爸。

老年痴呆吧里，有不少人说患病的老人喜欢说话，同样的话一再重复，可以从早说到晚不停嘴，还骂人，指着空气喋喋不休地骂，她爸却安静，端正地坐在靠背藤椅上，一动不动地闭目养神。如果不是他嘴里含着的那包口水，经常以亮晶晶的一条线形态垂挂下来，看起来那仿佛是一幅岁月静好的画面。

上米窝巷的墙面新添了很多"拆"字,这些红字歪歪倒倒的,大多呈倾斜状,不端正的姿态搅动得空气动荡不安起来。这样的氛围扰乱了她爸的平静,刘子兰嘱咐妈一定要注意爸的安全。可那么多要办的手续,那么多要处理的事情,都得她和妈一趟趟往外跑。每次两人出门时,只好将屋门从外面反锁上。

刘子兰在城东新区有一套房,两室两厅,爸妈的积蓄和她的凑在一起买下来的。按理和父母一起住,也没问题。可因为爸的身体每况愈下,她不得不搬回了上米窝巷,自己的房子就出租给了一家三口,签的一年合同,现在卡在半中腰,总不能违约赶人家出去。这是最让人头疼的。她只有去找房,还必须在一楼,最好有阳光,她妈一直巴不得能住上有阳光的房子,念叨好多次了,说住这种常年阴暗的房子住伤了心。回迁房不知什么时候才能交房,刘子兰只能在自己的房子腾出来前,和爸妈租房过渡。

家看起来没多大,竟装进了那么多零碎杂物,都是爸妈在漫长岁月里积攒下来的。连她小时候的襁褓服都保留着,她妈说想等她有了孩子,给外孙瞧瞧。这有啥子好瞧的,依刘子兰,都得扔。旧物就是压在人身上的包袱。爸好说,不言不语也不知道反对了,她妈却清醒得很,这也不肯扔,那也舍不得丢。母女俩将东西扔来扔去,话语递来递去的,火气就上来了,时常为了一个小物件争得脸红脖子粗。

后来,她妈不和她吵了,刘子兰知道妈是心疼她,可妈心气儿不顺,五官都耷拉成一团,她看在眼里,又觉得心下不忍。到最后,扔的一小半,留的一大半,光软物、零碎物什就装了三个行李箱、七个最大号的编织袋。它们像一座座小山,占领了平时的生活空间。

刘子兰在这些山头间曲曲折折地进出，稍不留意就被磕绊一下。她爸的藤椅从屋子最核心处，被挤到了墙角，他脚边、手边都是杂乱物件。屋子里乱糟糟的，她心里头也乱糟糟的。

房子还没看妥，刘子兰独自跑了十来处地方，看中的有三处。最近中介们个个精神抖擞，那么多人家急着找出路，弄得房子租金跳蹦床似的，一蹿老高。这三处房子的价格呈阶梯状，各有特点。刘子兰想带妈去实地看看，最后敲定一家。

看完第一家，她妈就想定下来，原因是这家价格最低。她妈觉得过渡的房子不必太讲究，马虎能住就成。"对付对付，什么都是对付，你和爸苦熬了大半辈子，还有几天日子好过……"刘子兰这段时间着急上火，嘴边长了水泡，说话难有好声气。不过话一出口，她就知道说重了，赶紧收住话头，拖着妈去看第二处。

第二处在一栋单位房的三楼，有电梯，有阳光，通风透气，价格居中。刘子兰自己很喜欢这一套，又担心爸妈不适应电梯。最后一处自然是条件最理想的，有个小院子，平时爸可以在院子里晒太阳，锁上院门也不担心走丢，就是租金比第二处还高300元。刘子兰从老妈的眼神看出来，她挺喜欢第三处，可临到问她意见，她还是说前面两处二选一。中介催着她俩赶紧定下来，下一波看房的人已经打电话催他了。刚提起笔，刘子兰的电话响了。

巷口杂货店的李阿姨打来的："子兰啊，你在外头吧，你妈也在外头？她电话不接，你爸在屋里闹，使劲拍门，我们打不开门，干着急，你快回来看看……"

她妈的手机里有几个未接电话，两人竟都没听见，赶紧打了辆的士。屋门前围了不少邻居，社区的聂主任也来了，她刚好来通知几家出行不便的住户，明后天拆迁办的工作人员上门来办理手续。聂主任告诉刘子兰，她家也被列进名单了。

门打开来，刘子兰一把托住爸，老人满头满脸的汗，口水源源不断地往下落，地上已经湿了一片。她搀着爸想扶他坐到藤椅上，忽然闻到一股尿骚味，低头一看，她爸尿裤子了，原来地上的水渍不只是口水。她将爸安置在了椅子上，反身见她妈在门口招呼邻居们进屋坐，喝口茶水再走。她心里腾起一股子烦躁：这光景还讲什么虚客套。忙站到她妈身前，连声感谢邻居，将围观的人劝散了。她不想爸尿裤子的事被人瞧出来。

关了屋门，她才告诉妈。妈愣住了，周围布满褶子的眼睛怔怔地望着她，似乎不相信她的话，眼皮垂下去，嘴里咕哝一句，去翻找衣服。刘子兰没听清楚她咕哝什么，将爸扶到床沿边，一旁扶着，看她妈闷声不响地给他换衣服。两丛花发在眼前起起伏伏，她忽然感到一阵心酸。

终于收拾妥了，她想起来给中介打电话。没想到，第二处房子竟然被人签了合同。刘子兰身子里那股躁气到底没憋住，语气像被热气弹起的开水瓶塞儿："咋回事你，我不是定了那套吗？就差签个名字了，还有个先来后到吗……"

电话那头，中介不疾不徐不温不火："姐，不是阿姨还在犹豫吗？另两套也不错的。你也知道，这段时间家家都赶急，人家带的现金，一口气交了半年的租金，房东就给签了……"

"那是怪我们没带现金去看房啰？"刘子兰让那个"啰"字像子弹一样射出去。她妈走过来，拍拍她的胳膊："算了算了，就签第一套房，我更喜欢第一套。"

刘子兰捂住话筒，不想中介听了去，她也知道再争下去，也换不来第二套房了，索性挂了电话，让中介去干着急。我是客户，客户是上帝，满天下的房子，难道别处就找不到合适的了？

那口气在胸腔里硬了没多久，就消瘦下去。心里空落落的。万一，真没有了呢？想起之前奔走看房的情形，刘子兰忽然感到一阵疲惫，心头发虚。正犹豫着是不是将电话拨回去，屏幕亮了，是中介。

"姐，中介费减两百，算我给姐赔个不是，成吗？"中介还是那般好脾气。他也不想错过这笔生意。

刘子兰没扭捏，约好第二天签合同。

7

陈小东回到了上米窝。每天深夜，他都会回来。他曾在这里住了两年三个月零四天，他在这里安装了三个隐蔽的摄像头。

即使已经搬离了上米窝，陈小东还觉得自己住在这里。这是两年多时光带来的惯性，他不知道还需要多长时间才能克服惯性，抹除干净心理上的不习惯。或许得等到上米窝被夷为平地、御风大厦轰然倒塌的那一天吧。

起初他是想拍一部原生态的纪录片，记录上米窝的市民生活，作为这座城市市民生活的一帧缩影。这片老城区，有三百多户人家，绝大多数是土著，随着城市的不断扩张，由城乡边缘地带逐渐被包容进了城市的躯体，现在它是这座城市的旧疮疤。可这里容留的三百户人家，还有很多寄居在他们房子里的租户们，他们的生活是活生生的、日复一日的真实存在。银行卡上长期不到四位数的现实，让陈小东明白自己没有可能征询被拍摄者的同意，只能采用隐蔽拍摄的方式。

1号摄像头安在一个变电箱的顶部，镜头对准上米窝巷口的那家李记杂货店。那里是人员交集点、信息汇聚点、情报交换点，相当于上米窝的门厅，进来出去的人都看得到，有事没事都会停留一下。附近居住的人，没谁不曾和店里的李大嘴和他媳妇打过交道。

　　有时下班回来，太累了，陈小东先倒头睡上一觉，不管多晚醒来，路边的夜宵摊都收了，杂货店还亮着灯。前店后屋，李大嘴两口子就睡在后面，一帘之隔，杂货店打烊总是很晚。陈小东在店里买碗泡面、两根火腿肠，有时李大嘴的媳妇会塞给他一个卤鸡蛋，说是刚卤好，准备明天卖的，让他尝尝咸淡，也不收他的钱。靠这点东西，他可以熬上大半夜，专心鼓捣他拍摄的那些素材。几个摄像头拍到的东西，分成几大类放进不同的素材库。他现在还不明确自己想整出个什么样的片子，可知道自己未来出品的片子肯定差不了，是有意思的东西。

　　2号摄像头安装在巷尾的一根电线杆上，离头顶有一米高，嵌在一道铁箍上。镜头朝下，仿佛长镜头，可以将整条巷子尽收在视野内。一次，一只飞蛾似乎发现了这个秘密，在镜头前飞舞了半天，还在镜头上留下了翅膀上的白粉渍。

　　他不得不在一个夜晚，趁着巷道里空无一人的时候，搬了个凳子，将镜头擦拭干净，再装回去。擦完他又后悔了，回看那些旧影像，白粉末后的镜头竟有种暧昧、神秘的悠远感，赶上某位艺术大师的镜头语言了。

　　3号摄像头在他住的屋子隔壁的隔壁，那里住着一个女学生，是个高三学生。他想拍下她的高中生活，仿佛是对自己高三岁月的回望。

　　那天赶巧，他看见女孩的妈妈站在小板凳上拉开了后窗。

深夜时，他去那扇窗边踩了点，发现纱窗角落适合安放微型摄像头，就从网上新购了一个。唯一的缺憾是，那里是卫生间，和正屋间有一扇推拉门，门很多时间关着，镜头只能拍到门上的磨砂玻璃。后来他调整过几次摄像头的角度，这样可以拍到正屋的屋门和大半边屋子了，好在那女孩和她妈妈都没发现。

女孩的妈妈在屋里逗留的时间长，她在镜头里做饭、理菜，偶尔也坐在桌前发呆，看书或写点什么。女孩很晚到家，有时还会伏案复习一阵子，这时他就会将手机定格在3号镜头，在电脑上做自己的事情，仿佛一直陪着那女孩学习。灯光下，女孩的侧影清秀，轮廓极像他高中时的同桌。

那天他吓了一跳，镜头里出现了莲蓬头下女孩湿漉漉的头发、脸和脖子，透明的水流在少女的脸上奔涌，女孩半闭着眼睛，承受着水流温柔的爱抚。一瞬间，他感受到一种从未有过的震颤，这震颤来自他身体的深处。他下意识地闭上了眼睛，手指颤抖着关上了镜头。

那个晚上，他罕有地彻夜未眠。他去了那扇窗口，在窗下走了几个来回，直到一只猫突然从高处跳下来，那轻盈的一抹白影，像黑暗中的一道闪电。他迅速离开了窗口，从那以后，再没调整过镜头的角度。

这一类影像，被他放进了名为"同桌"的文件夹里，加了密。

搬走时，陈小东留下了摄像头，他想坚持到最后一刻，记录下更多关于这条巷子的最后影像。每天深夜，他像一只蹑手蹑脚的猫，重新回到这条住了两年多的巷子。他已经为它积攒下了200多小时有用的影像资料。想想都让人兴奋，这是他两年间最大的收获了。

这两年，他换了四份工作，最短的只做了一个月，在一家直销化妆品的公司，说是公司，其实就两个正式员工，都是松散的上线下线关系，他知道那里不适合自己，赶紧抽身。做得最久的是现在这家，营销策划，他学的摄影，但在公司主要做文案，勉强可以应付，只是有点壮志难酬的惆怅。

父母在电话里一次次催他回去，说回镇上考个公务员，一辈子都安安稳稳。他偏不，偏赖在这人生地不熟的省城。心底里他还想往外走，往更大的城市走，镜头就是他伸向阔大世界的触角，是他的渴望，他的执念。

他不让父母来看他，来了就说住在集体宿舍，不方便带他们去看。实际上，他在这座城市拥有的第一处独立空间，就在上米窝，只有六平方米大，都不能称之为房间，是依着楼梯下的斜坡改建的，卫生间是原来公用的。床搁在斜坡下方，除了上下床时需要注意头顶，并不影响他的睡眠质量。他知足，房租只要500元。

即便这样，最初的大半年，他还是无奈地看着银行卡上的数字不断缩水，那是他大学四年做家教积攒下来的积蓄，买了一部相机后剩下无多。恐慌像不断上涨的河水，而他脚下是一片并不坚实的沙地，他在不断地下沉，下沉。他不知道什么时候自己就会憋闷得喘不过气来。可他，从没想过离开。

搬离上米窝的他，忽然有了清晰的想法，他给未来的第一部纪录片起好了名字:《别了，上米窝》。他想这会是一枚催泪弹，至少对于他会是，他想对于李大嘴，还有大半辈子生活在这里的那些人，都会是。这想法，像一股热浪在他心里涌动。

他回到上米窝是来寻找感觉的，他得写出漂亮的纪录片脚本，用来结构全片。他不愿意承认，可每次脚步都会将他带到那扇小窗前，他驻足片刻，听听窗内的动静。今天屋里很安静，太安静了。

3号摄像头的影像资料突然中断了。他估计摄像头已经被发现了，好在他已搬离，相信没人会联想到他。此刻，那扇窗口仿佛比夜更深的一个黑洞。他没有勇气伸出手去，印证自己的猜想。

"喵——"一道白影从旁掠过，是小白。

住到上米窝几个月后，他才知道上米窝人都叫它小白，似乎有谁起过养它的念头，可它在屋里待不住，喜欢飞檐走壁，在上米窝一带四处乱窜。不少人家会为它留饭菜，也有为它备下猫粮的。它成了上米窝人共同养育的小白。有时，陈小东也会将火腿肠掰下一节放在窗台上，等小白迈着轻盈的脚步过来。

小白蹲伏在离他不远的地上，扭过身子来看着他。一双绿莹莹的眼睛，仿佛一对亮闪闪的绿宝石。它知不知道上米窝即将发生变化，翻天覆地的变化，眼前的一切都将不复存在？

陈小东蹲下身子，向小白伸出手去。小白望着他，没有动。良久，它转过身，迈着优雅的步子融入了黑暗深处。

看着它的背影，陈小东的脑子里迸进一粒火星。有了，他的纪录片将从一只猫——小白的视角，去记录那些即将离开上米窝、星散而去的人们，记录他们曾在上米窝度过的那些芜杂的、柔软的、活色生香又五味杂陈的时光。

8

这次来的是三个人，除了赵兴华的姐姐弟弟，还有一位律师。律师看起来很年轻，接近夏天了，还郑重地穿了一身西装。

他给每个人递了一张名片,是瀚宇律师事务所的。

聂主任很慎重,请来了动迁办的一位副主任,姓李。刘三姐和米晓兰也在座。双方分列会议室条桌的两边,显得挺正式,现场有种谈判的氛围。米晓兰负责记录。

聂主任先介绍赵兴华安置在养老院的前因后果,又谈了谈动迁涉及赵兴华房子的事项。女人刚想开口,被律师制止了。

"聂主任,我受赵兴丽女士、赵兴东先生的委托,和你们商谈一下赵兴华先生名下房产——上米窝103号房产动迁事宜。不知五年前赵兴华先生被送到养老院的决定是谁做出的,为什么这样决定?当时为什么没有联系他的直系亲属,也就是他们两位,赵兴华的姐姐和弟弟?他们完全可以充当赵兴华先生的监护人。在本来有更好选择的情况下,居委会为什么自作主张监管赵兴华先生的财产,决定他的生活去向?"

"这个是赵兴华先生个人的意愿。"聂主任让米晓兰用电脑播放一段视频,这份资料是前晚聂主任打电话给前主任后,和米晓兰从居委会存档资料中翻找出来的。还有一系列由赵兴华本人签名的合同资料、医院证明材料。前主任说,这些都是在赵兴华清醒的时候采集的,就是怕日后惹麻烦。

"视频是赵兴华刚到养老院时拍的,当时他意识清醒,后面还有医生的证明。住进养老院,是他自己的意愿。"聂主任边看边解释。这个视频米晓兰已经看过三遍了。面对镜头的赵兴华一开始很平静,说自己是自愿到养老院生活,说着说着情绪激动起来,指责起他的姐姐弟弟天天想把他的房子弄到手,对他毫不关心,他希望居委会暂时代理他的一切事务,并帮他尽快找到女儿……

"这是你们胁迫他拍摄的!他的房子在你们手里,养老金存折在你们手里，人在你们手里，他不这样说，还能怎样说！他自从进了养老院，就一天不如一天，现在他都成了什么样子！"女人哭起来，眼泪如雨瀑，看起来像是动了真感情。

聂主任想解释，女人猛地站起身，拿手指着她："我要告你们挑拨我们姐弟感情，破坏家庭关系，胁迫我生病的弟弟，违法监管他的财产……"这几句像是事先背好的。米晓兰犹豫一下，还是如实记录下来。

律师没有制止她，始终佩戴着职业化的冷峻表情，端坐一旁。等女人重新坐下来，他才开口："希望居委会慎重对待此事，尽快给我们答复，否则我们会向法院起诉。"

三人走后，聂主任和李主任又议了半天。"不能因为这个历史遗留问题耽误动迁进程。时间很紧，你们最好是和家属私下沟通，争取不要闹上法庭。不过，他们真要起诉的话……我建议你们咨询一下律师，手中这些材料是否对你们有利。我也会和主任汇报，到时请法院尽快审结。总之，确保在规定期限内拿下所有合同……"李主任的话，没让聂主任的眉头舒展开来。

屋里只剩下三个人了。刘三姐一直在翻看材料："我想叫晓兰复印一份资料，拿去给我原来单位的法律顾问看看，如果这些材料过硬，也没什么好怕的。"

"材料涉及个人隐私，不便外传的。不过，我知道你做事谨慎，资料一定保管好。关键时候，我们不能给别人落下把柄。"聂主任一再嘱咐。

三天过去，没有任何音讯传来。动迁办那边依然每天人头攒动，又陆续签下了六十多户人家。

刘三姐查到一个出人意料的信息。那位来自瀚宇的律师，竟然是赵兴丽的女婿。也是巧，她找的律师和瀚宇的首席律师是老友，在所里并没查到这个案子，答应暗中探问一下情况。原来对方并没有真正起诉居委会的打算，只是想装装样子，给居委会施压，目的就是一个——拿到赵兴华的监护权，拿到了监护权就意味着他们拥有动迁代理权，有权支配这笔动迁补偿款。

这个消息让聂主任心里有了底，她拿定了主意。"我们不能让步，看这姐弟俩，根本不是关心赵兴华，就是冲着动迁款来的，钱一旦拿到手，肯定还是对赵兴华不闻不问，万一以后赵兴华的女儿找来了，我们没法交代。而且，也不能不负责任地将赵兴华托付给他们。我们做最坏的打算，哪怕是对簿公堂，只要之前处理得合乎规定，合乎情理，也没什么好怕的。"她沉吟一下，"不过，现在赵兴华已经生活难以自理，动迁的事得抓紧，当务之急还是得想办法找到他的女儿……"

"你说他女儿在深圳？我倒是认识那边晚报的一位记者，可以发动媒体找一找。这边你们是不是可以通过派出所，向深圳警方求助下？"

一语点醒局中人："对呀，我怎么没想到这个！"

赵兴华的姐姐弟弟再次找上门了。两人不肯进门，站在门口指着居委会的牌子，大声嚷嚷开了。

"你们厉害啊，欺负咱们小老百姓，我们还没起诉呢，你们反倒恶人先告状，害我女婿被事务所又打又罚。你们仗势欺人，我女婿要是有个长短，我和你们没完！"女人一个劲地推搡男人，想要他帮腔，可男人木木地杵在一旁，一张脸憋得通红。

居委会干部见过太多吵架打架的场面了，就像医生见惯了人间的生死。聂主任一脸平静，和颜悦色地将女人往门里拉："大姐，进去喝口茶慢慢说，咱们有事好商好量。"

女人以为自己得了势,声音更响了:"你们去和我女婿的领导说,把他的处分给撤销了,否则我天天往你们这儿跑,天天赖在我弟屋门口,就不让你们拆,看你们能把我怎么样。"

刘三姐从屋里不急不忙地走出来:"我说大姐,你倒好意思来找聂主任,你女婿被打被罚,和上米窝居委会有什么关系?我们连他是谁都不认识,你倒是说来听听,让大家评评理。"

赵家杂货店门前本来站了不少人,这时都围了过来。

聂主任示意米晓兰摄像,不知事态怎么发展,留一份影像资料以防后患。

"他就是上次和我们一起来的律师。"

"哦,原来大律师是你女婿?"刘三姐故意将"哦"拖长,语气加重。

"是啊,你们能耐大,搬动了他的领导,你们仗势欺人!"女人已经被刘三姐牵着在走了。

"我不明白了,律师事务所是最讲规矩的地方,你女婿为什么被罚?"

"还不是你们心虚,不想我们告上法庭,就恶人先告状!"女人梗着脖子,环视围观的人群一圈,"欺负我们没权没势,以上压下,这不是仗势欺人是什么?!"

"大姐,你和你女婿走的是正常程序吗?按理他接手的案子都得报告所里,可所里根本没有这个案子的资料,你确定他不是被你私下拉来帮腔的?"

女人这才明白,居委会早知道了实情。她梗着脖子,正要说话,聂主任走上前:"大姐,外面太阳大,进屋里说话,我们好好商量。"

米晓兰心里一乐,聂主任和刘三姐素来打配合战天衣无缝,水到渠成，没有她俩解决不了的难事儿。

女人被拉进了屋。聂主任将居委会几条路子抓紧寻找赵兴华女儿的事儿，和她详详细细说了。

"那个女儿，打小就没了人影，能指望什么？"虽然一脸愤愤不平，但女人的语气软下来。

"如果半个月内还是找不到，我们就将代理权交给你们姐弟。我们保证，赵兴华这套房子，和其他房子一样，都能拿到应得的赔偿金，一分也不会少，一天也不会拖。"

9

吴玥想到了李大嘴夫妇，他们是上米窝信息最灵通的人。没准老宋对他们透露过自己的去向，可找到老宋后怎么办呢？是啐一口唾沫在他脸上，还是大骂他一顿？吴玥并没有想清楚，她只是消不掉堵在胸口的那团闷气。

李大嘴果真有老宋的电话，但是电话已经停机了。吴玥撒谎说老宋落下点东西，得找到他送过去。李大嘴当了真，告诉她不知道老宋具体搬去哪儿了，在做什么营生，不过老宋喜欢买彩票，之前总在菜场边的那家体彩店里买，现在那家店也关停了，但有瘾的人肯定忍不住这一口，没准在附近的体彩店里能找到他……

吴玥以上米窝为中心，向四方漫溯。见到一个体彩店就走进去，向店主描述一番老宋的体貌特征。有人以为她在找离家出走的老伴，她也懒得解释。每天一个方向，能走多远走多远，中午晚上能赶回来做饭就成。可是一无所获，她自己也明白这无异于大海捞针，可还是熄不灭这个执念。

迎面走来一个老头,嘴巴奇怪地鼓突着,似乎想说话又没说,眼神呆滞,脚上的布鞋一步一拖地摩擦着地面。看起来,总让人觉得哪里不对劲儿。

吴玥和老人擦身而过,走了两步停在一片树荫下,回过头望着老人蹒跚的背影。这个老头咋这么眼熟?她努力搜索记忆,老人应该住在上米窝。是哪户人家的?完全想不起来。

老人已经走出两百来米,停在了十字路口的红绿灯前,他似乎没看到步行道的红灯,直通通地往前。一辆小货车急刹住,停在了离他咫尺的斑马线上。

吴玥惊得一颗心脏快蹦出来,她快走几步,小跑起来,搀住了老人的胳膊。

老人扭过头,白头发,白胡楂,一线晶亮的涎水从嘴角溢出来,垂掉在外套上。老人还套着秋装。他冲着她,糯软地吐出一句:"兰兰。"

吴玥并没听清楚他说什么,她忙着左顾右盼,已经有几辆车停在了路中央,她得赶紧将老人从路中央扶到马路边。

老人又一次冲她喊"兰兰",这次她听清了。老人认错人了。怎么办?这里离上米窝倒是不远,可也有两千来米,老人走路的姿态并不利落。吴玥决定打车,可老人怎么也不肯安安生生坐进车里,司机下来和她一起把老人往车里送,老人却犟得很,拿手撑住门框。僵持不下,司机等不及,将车开走了。

吴玥只好搀着老人慢慢往回走,眼见得做饭的时间越来越不够了,心里着急上火,又不能丢下老人一个人不管。两人终于拐进上米窝巷口,吴玥大叫:"李师傅,李师傅!"李大嘴闻声从店里出来,乐呵呵地:"哪里着火啦?"

看见吴玥和老人,李大嘴"哟"一声。吴玥知道自己蒙对了,李大嘴认识老人,她来不及细问,将老人的手搁到李大嘴手里:"你送他回家。"

吴玥在人车混杂的马路上奔跑,不停地避让行人车辆。有一瞬间,她似乎瞟见了一个身影,是老宋。她停下来,瞪大眼睛。老宋走在对面的人行道上,与她背向而行。他散漫地甩着胳膊,一副无所事事游手好闲的样子。吴玥只停顿了两秒钟,又往前奔跑起来。

女儿已经等得跳脚了:"咋回事啊,我还怕你……"也不知为何,女儿总担心她出事,比她的担心还浓一分。吴玥喘着粗气,不及解释,拉着女儿到旁边的小店打包了一碗猪肝粉,加了一颗虎皮蛋。等粉出锅的时候,她脑子里还在回想刚才老宋的样子。他这是去哪呢?回头还能撵上他吗?

女儿忽然伸过手,理一理她的鬓发:"妈,你有白头发了。"女儿的语气、女儿的表情,让她心里一软,软得一塌糊涂。她什么也说不出来,冲着女儿笑了一笑,一抹阳光正好挑在她的眼睫毛上,毛茸茸的。这一瞬间,她拿定了主意,算了,不找老宋了,就让一切过去吧。

吴玥不知道,几个月后,当她和女儿并肩站在马路边,目睹高耸的御风大厦弯折腰身、轰然倒塌时,她站在弥天漫地的灰雾中,对自己说了同样一句话:就让一切过去吧。

那时,她刚刚知道了女儿的分数,并接到了老赵委托律师起草的一份离婚协议书,才知道老赵等这一天很久了。她在人群中看见了老宋,他和其他人一样,翘首眺望着即将消失的御风大厦,他的身边站着一个女人。

10

  签合同的速度明显加快。还有最后十天，已经签了两百八十六户，有一半人家已经搬离，留下了一间间空屋子。上米窝渐渐显出一种荒凉之气，好像这里的一砖一瓦、一草一木也感知到了自己的命运，开始了生命的大撤离。

  争吵还有，但被愈来愈浓郁的伤感遮盖了。每天上米窝都有人搬离，大大小小的搬家车辆挨挨挤挤地开进巷子里，装得满满实实又挤出巷子。被丢弃的物什到处都是，吸引了不少捡废品的人天天在巷子里翻找。

  一个半月时间，聂主任瘦了十斤，她说自己第一次减肥成功。米晓兰也经常加班，可越加班胃口越好，压力越大胃口越好，体重不减反增，让她懊恼得很。

  难题还没全部解完。随着大部分人家或积极或被动地响应动员，签合同搬家，钉子户浮出了水面——上米窝 109 号的伍麻子不愿离开，死活不愿意离开。

  他的理由让人同情。二十多年前，他值夜班回来，妻子有急事赶回娘家去，让他照看四岁半的女儿。他女儿一双大眼睛水灵灵的，皮肤白净水嫩，人见人爱，一点不像他满脸麻坑，也不像他妻子脸色黎黄，上米窝人开玩笑说："这哪像你家的女儿啊，这是小仙女下了凡尘，落在了你家啊。"

  女儿在地上搭积木，他歪在床上迷迷糊糊睡着了，一觉醒来，屋门开着，女儿不见了。那天，他的叫喊声响彻上米窝，越叫越凄厉，越叫越绝望，至夜，声音里仿佛滴出了血。后来，民警在离巷口三百来米的地方，发现了他女儿的一只布娃娃和一张棒棒糖的糖纸。那时李大嘴的杂货店还没在巷口开起来，警察调查了附近很多家店，都不是那些店里卖的棒棒糖。那种棒棒糖，在这座城市里很少见。

他妻子把那个娃娃抱在怀里，整宿整宿地掉眼泪。米晓兰听说，到最后那只布娃娃都成了咸娃娃。她想那肯定是人们附会的，谁会真的去尝那布娃娃？伍麻子的妻子到底没能缓过来，后来离开了他。

伍麻子一直在等。他说女儿聪明，肯定能自己找回来，找到家。后来他又娶过一个女人，没多久两人就散了。女人说他有病，蜷缩在往事的阴影里不肯出来。伍麻子就一直孤身只影地过着。不是动迁，他很难引起人们的注意。在第二轮筛检时，聂主任才注意到他，那时绝大多数人家都闻风而动，只有他没去任何地方问过动迁的事儿。

"我唯一的念想就是等女儿回来，找得到我。"聂主任带着米晓兰找上门时，伍麻子翻来覆去只有这一句话。

聂主任将他的情况反映给了动迁办，那里的主任、副主任轮番上门做工作，带着媒体记者采访报道了他女儿失踪的旧事，可是报道像蒲公英的种子散在了大风中，没有回音。

"我们等他缓一缓吧，凡事一开始总是难以接受，可……"聂主任将伍麻子的资料全部整理好了，就等他落笔签字，甚至连他临时安身的房子都替他找好了，却不忍心去催他。

众人一筹莫展，找不到两全之策。在巨大的时代车轮隆隆向前时，结局一望而知。

让人宽慰的是，另一个难题解开了。

赵兴华的女儿找到了。报纸上刊发的精神病人寻找女儿的报道，被赵兴华女儿的工友看到，告诉了厂里，厂工会的人找到了在家养伤的她。一个月前，她在下夜班路上被车撞伤，一根肋骨骨折，左小腿骨折，腿上打着石膏，每天只能卧床休养。她委托舅舅赶回来，带着她的所有资料，工厂和派出所开具的证明材料。

她舅舅代表她和聂主任、刘三姐、米晓兰去了一趟养老院，拍了些照片发给赵兴华的女儿，这是她特地交代的。赵兴华木然地坐在窗前一片阳光里，显得平静祥和。他很久不说话了，对于所有问话只回以茫然空洞的眼神。他的神思，执拗地停在只有他自己知道的某个地方。

为了确保赵兴华的女儿信守赡养赵兴华的义务，聂主任和她视频连线，让米晓兰全程拍摄下来。手续办理起来飞快，转眼这已经是上米窝倒数第二份合同了。离签订合同的最后期限只剩下三天时间。作为特例，居委会为赵兴华争取到了最高补偿金和搬迁补助。居委会也搬离了上米窝，与下米窝的居委会暂时合并一处。他们还得解决最后一道难题。

聂主任请来了一位客人，她素净脸蛋，肤色偏黄，眼角卧着两抹鱼尾形的皱纹。聂主任带着她和米晓兰去上米窝109号。

敲门的那一刻，米晓兰能感觉到身边的女人身子在发抖。她扭头看看女人，女人两鬓的头发垂挂下来，她只看得见女人的额头、鼻子和嘴，她的侧影挺耐看。在聂主任抬手敲门的一刻，米晓兰忽然明白了女人的身份。

门开了，女人往米晓兰身后躲了一步。聂主任走进去，米晓兰走进去，然后是女人。伍麻子的目光一直盯着米晓兰身后，他愣在那里，手指攥紧了门框，一动不动。米晓兰注意到，他粗大的手指在颤抖。

女人一直垂着头，不看伍麻子。良久，轻轻吐出一句："还好吗？"

米晓兰看见伍麻子点点头，再点点头，掩上了房门。四个人坐成一个三角形，伍麻子的目光一直盯着其中一个角尖。聂主任也不说话。女人似乎想起什么，从包里拿出一个小小的布包，慢慢打开，露出一个戴着红帽子、穿着白裙子的毛线娃娃。女人将娃娃递给伍麻子。

伍麻子嘴唇颤抖着，手颤抖着，接过娃娃。他用双手握住，握得紧紧的，大滴大滴的泪珠掉下来，砸在地上。

"当年，我不该怪你的。"女人说得很慢很慢，语气如叹息般，"我早想通了，你也要想通。"

伍麻子一个劲儿地点头。他抬起粗大的手，胡乱抹着自己的脸。另一只手，紧紧攥着布娃娃。

11

《别了，上米窝》已经剪辑完成，只是陈小东不知道可以将这片子寄给谁，送到哪里。

距离他最后一次去上米窝，已经四个多月过去了。他去取1号和2号摄像头，它们完成了使命。3号摄像头消失不见了。

上米窝也完成了使命，只剩下了残破、空寂的躯壳。属于上米窝的最好时光被画上了句号，但它的生命气息，还在这部他编辑了上百次的纪录片里延续。

陈小东怀揣着这个饱满的秘密，像很多渴望在这座城市扎下根来的年轻人，过着日复一日、按部就班的生活，仿佛今天和明天、明天和后天没什么两样。他已经习惯于将异乡当作故乡。

在网上看到御风大厦即将被爆破的消息时，陈小东突然意识到这部纪录片并没有完成，那座高耸入云的大厦轰然倒塌的一刻，也许才是上米窝真正的终结。

陈小东一次又一次回到那里，已经面目全非的上米窝，成了围墙里看不见的风景。唯一可见的是御风大厦，它高昂的身躯是围墙挡不住的，依然在人们的视线中晃过来晃过去。每次站在大厦底部，仰起头来，就能看见曾被火舌舔舐过的中部楼层黝黑的烟痕，陈小东心里会莫名地被触动。连陈小东自己都不明白，他为什么这么在乎这个地方。其实，他从没进入过这座传说中命运曲折的大厦。过不了多久，这里就会矗立起另一座富丽堂皇的大楼，成为这座城市新的地标。据说规划已经出台。城市新陈代谢的速度有时慢得让人惆怅，有时又快得让人惊诧。即将消逝的御风大厦和匍匐在它脚下的上米窝，那些在上米窝生活过的人们，不知还会被谁记得，又会记得多久。

按照网上预告的日期，陈小东提前预订了正对着御风大厦的云端酒店顶楼的一个房间，房间窗口与大厦的直线距离不到两百米，视线一览无遗，可以保证他清晰完整地拍下御风大厦在地面消失的全过程。

下班后，陈小东按惯例在单位附近的快餐店吃了一份啤酒鸭盖浇饭，才不慌不忙地背着一应工具进了酒店。摄像机在窗前架好，调试了半天，这时都市报"融媒体"平台已经开始了现场直播。

通过直播镜头可以看到，曾经包围着御风大厦的临时围墙拆除了，大厦的正脸显露出来。门头高耸，大理石覆面，可以想见当年刚建成时的堂皇气派。那是20世纪90年代初，许多像这样集商贸和酒店于一体的高楼大厦，纷纷在全国各地耸立起来，空气中涌动着一股勃勃的生机。二十来年间，越来越多的高楼身量冒过了它，而它却因莫测的命运搁浅在赣江岸畔，再没焕发过生机。

此时，大厦底部周围铺满了防震沙袋。两排挖掘机停在不远处的大桥引桥下，仿佛对称的牙齿，安静地休憩着。周边几栋居民楼的楼体遮覆黑色的网布，在江风吹拂下涌起波纹，仿佛起伏的心潮。据媒体报道，楼内居民早一天已经被安排到了安全距离之外的宾馆居住。

镜头转到外围。大厦对面的马路边站满了围观的人。记者随机采访了两位，陈小东看到了那个高三女孩。女孩挽着妈妈的手，说自己曾在上米窝租住了三年，度过了高中生活。今天她和妈妈特地来和御风大厦告别。

"为什么想到来告别？"

"那三年，每天我上学、放学，都会从它身边经过。有时候，在学校看书累了，我会站在走廊上看一看它，它那么镇定地站在那里，带着一身的伤痕。"女孩羞涩地笑起来，"也不知道为什么，看一看它，我就觉得又有力气回去学习了。"

"哦，那御风大厦可以说是你高中生活的灯塔，可以这样说吗？"女孩点点头，咧开了嘴。

这笑容让陈小东也不由得笑了起来。昨天是高考出分的日子，看起来女孩心情不错，但愿她能如愿考上心仪的学校。

陈小东在人群中看到了李大嘴夫妇，他们的表情那么相似，都半张着嘴望向半空中。在他们身前身后站着不少人，一张张面孔熟悉又陌生，陌生又熟悉。陈小东很少与住在上米窝的人有交集，他只是在摄像头捕捉的画面中熟悉了他们，因熟悉而倍感亲切。

他看到了坐在轮椅上的老人，不下三次，他独自出现在镜头中，默默地慢慢地走出上米窝巷口，再回来时，泰半被人搀扶或簇拥着。曾经在深夜，陈小东对着镜头里的他的背影，咕哝道"这老头真爱玩"。现在，老人坐在轮椅里，人群中唯有他的视线没有仰起，而是望向地面某个地方，一线亮晶晶的东西挂在他身前。

陈小东看到了住在隔壁的那个男人，胳膊被一个女人挽着。陈小东记得，那个男人住到他隔壁的那段时间，一直孤身一人，可他听得见他打电话，在电话里不停地哀求、挽留，压低声音，压抑着情绪。电话那一端，没准就是这个卷发女人……

23点56分，爆拆指挥部发出第一次警报信号。视频里蓦地安静下来，几秒后，屏幕里再次传出喧嚣声。屏幕外的陈小东屏息几秒，随着喧嚣声重启，也放松下来。

窗外显得十分宁谧，一江之隔，灯火璀璨如密布的星辰。

23点59分，指挥部发出第二次警报信号。现场倒计时开始。

陈小东推开窗户，用手撑住窗框，让浩荡的风吹彻自己。

大厦在视线中巍然，静默。他深吸一口气，再深吸一口气。

忽地，大厦的腰部闪现一道红光，腾起一团灰雾。下部一侧又闪过一道红光，腾起一团灰雾。大厦上部左倾，下部右倾，像一个人迅疾弯折了腰身。

"轰"一声巨响，高大的楼体整个垮向大地，地面腾起一大团浓浓的灰雾，巨大、蓬松、密实而柔软……最后，视线里只剩下对岸的璀璨灯火。

只有六秒钟。巍然高耸的一座大楼化为了乌有。世界汰旧换新的速度，越来越惊人。有那么一刻，世界仿佛静止了。随后，围观者不约而同发出惊叹声，一切重启。

这个爆破技术叫什么来着？报道里不止一次提到过。陈小东搜索"御风大厦爆破"，网上的消息已经铺天盖地，有文字版的，有图片版的，有视频版的，有知名媒体的报道，也有网民的个人播报，汇成汪洋中的无数个漩涡。在那些漩涡中，陈小东找到了他想知道的讯息，"御风大厦采用的是一种名为'异向折叠'的爆破技术"。

异向折叠、异向折叠、异向折叠，像四个带有冷铁味道的冰凉之物，停留在陈小东的舌尖和意识中。

深夜，陈小东依然站在窗前，从半空望下去，几十台黄色挖掘机一起发动，挥舞着铁臂弯钩，构成一派喧腾的景象……天亮之前，一地狼藉都会被它们清除干净。这是媒体上的承诺。

陈小东反复回看录像。他设置了倒带回放，御风大厦那倔强的身影一次次从尘土中拔地而起，挺直了弯折的身躯，重新站立在了璀璨的江景中……

蜜袋鼯的夏天

1

艾小艾搬进"蜂窝"那天,动静有点大。我们在微信上沟通了两次,房间的情况我通过视频直播给她看了,利与弊也一一和她说了,她住的地方离这儿开车十分钟,走路三十分钟。我说你还是过来看看吧,她似乎忙得很,说没啥看的,你说的我都信,周日上午我就搬过来。我特地交代,那你可悄悄地进来,房东的弟弟就住在楼下2层,最好别让他知道。

我之所以如此小心,因为我是"二房东"。这个我以后再细说,现在我得赶紧将艾小艾妥妥帖帖地接进"蜂窝"。电话里她说自己的东西不多,多年租住嘛,不可能有多少东西,可等我接到电话,下楼一看,一楼门厅已经被东西铺满了,门口那辆SUV还在不断往外吐东西。

艾小艾没叫搬家公司,叫了三个朋友帮忙,三辆SUV,卸完一辆再进来一辆,都是锃光瓦亮的外壳,这是"悄悄地"吗?其中一辆SUV的主人嗓门大,满脸络腮胡子,装扮是西部牛仔风,我赶紧叫艾小艾将三位SUV都打发走。头发纷披到肩的那位还不肯走,嚷着非帮她一步护送到位才放心,艾小艾似乎冲他使了小性子,那位才依依不舍地离开了。

艾小艾大概没什么整理经验,原本塞进几个大编织袋就完事的东西,现在七零八落地摊放在从门到电梯的地面上,进出的居民只能一步三探,见缝插脚。时间拖长了,大家肯定有意见,必须速战速决。我不得不电话叫崔晓丽下来帮忙,让她顺便将储藏柜里的塑料编织袋、蛇皮袋都带下来,现在我们仨可是结成了新的命运共同体。

等待的时间，我粗略瞄了一下，零碎东西太多，布偶有六七个，最大的是一只和人差不多长度的绿黄两色毛毛虫，粗胖身子软趴趴地卧在一床被子上。被子没捆扎好，歪斜着身子，像个发髻散乱的丫头蹲坐在两个脸盆构成的底座上。旁边三个塑料桶，一个里面是卫生间用品，一个里面是厨房用品，一个里面是玻璃制品，艾小艾似乎是个玻璃爱好者，五花八门的玻璃杯，高脚杯就有笛型的、碟形的、圆肚的、斗笠的，无脚杯倒是模样统一，带滤网的茶杯，带把的圆柱杯，无把的起菱形的圆柱杯，咖啡壶，圆肚长嘴茶壶和配套的杯子……一个杯口已经破损了。电饭煲里的盘子、碗也是玻璃的，形状不一，有的模样奇特。另一个收纳盒里卧着一串风铃，玻璃的。我想起来，电话里她的声音也仿佛是敲击脆玻璃发出的。这些易碎品显然没法一股脑塞进袋子里。我只能暗暗祈祷住在二楼的房东弟弟千万别在家，或者暂时性失聪目盲腿软心颤，总之不得出门下楼。

那是艾小艾和崔晓丽第一次见面。一个大袋子遮住了崔晓丽的身子和大半张脸，那张脸通常冷得没什么表情，此时只露出凌乱的半撮刘海和一只眼睛，眼帘下垂，仿佛没看见艾小艾冲她热烈摇动打招呼的双手。崔晓丽已经住进"蜂窝"五个月了，和我在某些方面早达成了默契。我俩二话不说，手脚利落地忙乎起来，不管三七二十一，也不管艾小艾不时发出的尖叫声，先将满地的零碎物件全搜罗进袋子里，只留下几样易碎品，留给艾小艾自己处理。战场很快就打扫清爽了，幸运的是，房东的弟弟一直没有出现。

我暗舒一口气，将袋子、零碎物件和艾小艾塞进电梯，直上 N 层。崔晓丽留在门厅继续打扫战场，她得将地上的纸片、丢弃的垫布、塑料袋、碎屑、摔破的玻璃杯、绳子扫进垃圾筒，免得门卫找到房东弟弟抱怨。

　　有视频直播垫底，还有我的如实交代垫底，艾小艾看起来对房间比较满意。她的房间虽然带有卫生间，但没安装热水器，只有马桶和盥洗池可用，洗澡还得和我们挤在一处。她对朝向东方的窗户十分满意，我一早特地将窗户敞开来透气，春风浩荡，加上十三层风力充沛，屋里的霉味、湿气、糟气都被风吹干净了。房间陈设简单，一床一桌一椅，再是一整面墙的柜子，储物空间巨大。阳光像薄薄的金箔斜插进房间，让它背后的窗帘和窗外的景致都带上了梦幻般的色彩。我留意着艾小艾的表情，似乎是一个不错的开端。

　　艾小艾的房间是"蜂窝"里最大的，可是现在这个房间发生了严重拥堵，几个编织袋和蛇皮袋将床团团围住，毛毛虫和被子瘫软在只有席梦思的床垫上，布偶们胡乱堆叠在一起。桌子上包括卫生间里都被盆盆桶桶占领了。进了"蜂窝"，我就没帮忙整理的义务了，留待艾小艾慢慢消化。

　　崔晓丽关铁门的声音传来，艾小艾跨过满地的袋子想去打个招呼，待她跳过一地障碍，走到房门口，崔晓丽已经进了自己的房间，而且关上了房门。这是崔晓丽的惯常做派，艾小艾自然不知道，她有些尴尬地站在走道里，进退不是。

　　我忙引她去看公用卫生间，这个小房间位于整栋楼房的内芯，常年不见阳光，日积月累的水渍到处可见，浸湿墙面留下的印痕已经擦洗不干净了。镜子很大，但四角被锈色腐蚀了大片，只中间一块还具有照镜子的功能。浴缸占了近一半空间，我们早已放弃了它的本来功用，都是站在浴缸里冲浴。

　　头上有吊顶，但不知怎么回事，不时会滴水，又无规律可循，有时淅淅沥沥一阵子，有时冷不丁地落下一滴两滴，让人防不胜防。我去问过楼上的住户，也查不出个所以然。我不是真正的房主，说起话来没那么理直气壮，两次之后只好作罢。我和崔晓丽各自备了一件雨衣，专门在上厕所时穿戴，以防不测。

艾小艾来后，"蜂窝"就满屋子飞扬脆玻璃的声音了。她喜欢开窗，风铃声丁丁零零。她也喜欢说话，笑声很大，讲电话、视频聊天时，就好像两三双手忙不迭地敲击玻璃编钟，脆脆的声响顺着有共鸣效果的走廊一直传送到客厅。大部分时间她都宅在"蜂窝"，偶尔出去，一定会装扮得很出挑，她个子高，喜欢穿皮质短裤短裙，冷时配上长靴，热时配双短靴，衬得一双长腿仿佛有一米，细而骨感。她的妆容也夸张前卫，眼影打得宽，时而是魅惑的粉红，时而是诡谲的黑灰，尾峰高高地吊上去，嘴唇猩红色，或紫灰色，和素颜时判若两人。我更喜欢看她素颜，她皮肤底子好，细瓷那种，眉眼也耐看，双眼皮仿佛是人造的，可妥帖得很。眼角自然上翘，细看有些妩媚的感觉，可一旦画上黑灰的宽眼影，又是冷冷酷酷的范儿。

艾小艾和崔晓丽似乎不那么合拍。不过，这也没多大关系，崔晓丽属于内敛型，不带丝毫的外延侵犯性，她很少使用厨房，吃饭多半在外面解决，这和她三班倒有关系。她只是不够热而已，长年低温，仿佛多少热情也不能将她焐热。一开始，艾小艾试图去焐热她，她似乎有种天生的喜欢去感染别人的热忱，她买了荔枝，敲着门请我们吃，我礼貌性地尝上一颗作罢，崔晓丽却是好不容易开了门，手都不伸一下，只送出一声"谢谢"就将门重新掩上了。次数多了，她干脆连门也不打开了。艾小艾还在坚持，直到后来崔晓丽连应声都不肯了，她才作罢。艾小艾带了些抱怨的口气问我,崔晓丽是不是对她有意见?我说你别多想,她就这么个性子,习惯了就好处了。

艾小艾睁着一对大眼睛,将一颗荔枝塞进嘴里,有些惆怅地说,她原本希望住在"蜂窝"里的我们仨,能够像《老友记》里的朋友一样相处。我不能不说,这想法多少有些天真了。

2

看起来艾小艾是个挺乐观的女孩,大半时间都笑呵呵的。其实除了在视频上隔屏见过一面,我们之前并无多少交集。

我是在一个电影点映群里"认识"她的。这个三百多人的大群,大家都是被各自的朋友拉进去,因为对电影的喜爱聚在虚拟的群里,相互并不了解。群里经常发起小众电影的提前点映,艾小艾的群名是艾草,如果将这个群比作一片海域,我是沉潜在深水区的鱼儿,艾草是经常跳飞出海面的鱼儿。

预订电影票时,艾草通常是最活跃的那个,呼朋引伴,喧腾得很。有时限购两张票,每每有人临时有事出让电影票,总是她第一个蹦出来,仿佛随时等候着。在奥斯卡奖热门候选电影《绿皮书》国内上映前半个月,群里发起了一场点映,点映活动在电影放完后还有拍照和讨论环节。

那天我和朋友提前离开了,但看完电影有些感触,就破天荒在群里冒了下头,发了条观后感:"关于白人与黑人主仆由隔阂到融合的电影,像《无法触碰》《为戴茜小姐开车》,都是主人白人、仆人黑人模式,《绿皮书》设置相反,风格幽默,但整体感觉情节设置未太出人意料,可能之前预期较高。但能先睹为快,已是幸运……"

没一会儿，手机收到一条新朋友的申请通知，就是艾草，艾小艾。

微信好友一天天扩容，阵容越来越庞杂，可很多加友之后就"相忘于江湖"了，再没发过一次消息。艾小艾就是这种。但是，她经常在朋友圈露脸。她好像是个漫画设计师，经常发加了水印或是马赛克的原创漫画作品。她又好像是位调酒师，经常发她调制的鸡尾酒，色彩艳丽迷幻那种。她还好像是个酒吧驻唱歌手，经常发酒吧夜场的现场小视频，演唱的歌手装扮奇异，或摇滚或流行或民谣或蓝调或爵士或英伦。她好像还是个模特，偶尔发些挺风格化造型的照片，一看就出自摄影棚专业人士之手。但她基本无话，全是图片。虽然网络有欺骗性，可看起来无论做哪样，她都做得挺像个样子，段位很高，活色生香。这恐怕也是我一直没删除她的原因。

也是事有凑巧。"蜂窝"的合租室友留学读研申请通过，急着在出国前攒几个月实习资本，进了一家公司，搬去了公司附近的地段。2800元租金突然出现了1200元的缺口，我急着找人填上空缺，还没等消息发布出去，看到了艾小艾在朋友圈发出的一条长文。基本只发图片的她，这段少有的长文，字里行间带了怨气——她被人骗了。

艾小艾原来租的房子是一厅两室，她朋友多，有时会来借宿。房子精装修没出三年，挺洋气，租金偏高，一个月2200元，但房型不错，装修也符合她的审美，而且中介说如果提前交足一年的房租就可以抹去零头，只要2万元。艾小艾是深怕好东西溜走的人，赶紧找朋友挪钱，交足了一年的费用。住了不到两个月，突然被告知中介卷款出逃，她必须在十天内搬离，否则得再交一轮房租。原来那人骗了她和好几个租客，他代理的都是人在外地的房东，收足了一圈租房款就消失无踪了，房租根本没有转给房东。艾小艾哭天不应，叫地不灵，用了两段文字咒骂这个卷款而去的骗子……

  我觉得这简直就是天意，马上打视频电话过去，仅仅五分钟，艾小艾就拍了板，随后转了1200元给我，她仿佛怕我将这房子租给了别人，一个劲地承诺，每月5号她都会按时将房租转给我。

  我说过我是"二房东"。这套房子纸面上有一百二十平方米，实际面积可能一百三十不止，是那种20世纪90年代的单位福利房，一个面子风光、里子丰厚的单位。只是现在房子陈旧了，内部设施老化不堪，从楼顶水箱下来的水经常呈铁锈色，得放好一阵才变清澈。房主们但凡是有新房的，都搬了出去，因而这栋楼有一半房子拿出来出租了。四年前我和两位朋友租下这套，那时租金比现在便宜800元，四年间我的朋友一个嫁了，一个去了祖国的心脏"北漂"，而我还坚守在此。房子住习惯了就会生出不舍之情，加上骨子里的惰性，我是在第一位室友出嫁时开始做起了"二房东"，租金虽然随着市场水涨船高，但一直还算合理，我也一直按时按月缴纳租金。附近不断冒出高耸的写字楼，寻找合租室友不算难，只是彼此合拍的可遇不可求，并不多。房东去深圳帮儿子带孙子，对这房子算不上上心，一年回来看一两次，房子没大的损坏，合约也就一年一年续下来。

  整栋楼有17层，我租住在13层，电梯是去年新换的，这一层在新电梯按钮上显示为N。楼房是框架结构，结实、高阔、隔音，一点偷工减料的意思都没有。三室两厅的屋子，亮堂宽敞，唯一的遗憾是处在楼的北面，三间卧室只有靠东头的那间早上会受到阳光的惠顾，再就是阳台的顶东头，阳光会切割出一个三角形，但三角形消失得很快。这也是房子租金不算高的原因之一。整套房子的黄金地带就是主卧靠东面的窗口位置，这间房自然成了最贵的一间。

其间我是可以住进最大那间的，可想想自己实际使用的空间多出三平方米毫无意义，却要多支付400元，我就放弃了。我的工资除了交房租和日用，余下的一半寄回家，弟弟还在读高中，我希望他考上与我无缘的名牌大学，各种补习是免不了的。另一半我存起来，想以后开个花店。我打小就喜欢花花草草，这喜欢像埋进了骨子里，任时间洗刷不掉。崔晓丽也有机会搬进去的，她同样拒绝了。她刚到一附院当护士不到半年时间，夜班倒得多，回来基本躺倒补觉。对于她，有张床铺安睡就足够了吧。

房子与人也是有缘分的，大概这间房就等着艾小艾。

3

梅雨季应时而来，年年都不会放过这座南方城市。进入5月，雨下得不休不止，仿佛不知是谁将天捅了几个小窟窿，又一直无人修理。一楼门厅的瓷砖地面湿漉漉的，布满泥水污渍，门卫不停地拿布拖把拖也无济于事，一整天都没有干净清爽的时候。

天空镇日阴沉，即便是在十三楼，光线也像极了黄昏，尤其是走廊和客厅，灰蒙蒙的。"蜂窝"卫生间的墙面、吊顶板、玻璃上凝结着清晰可见的小水珠。人的心情也变得压抑，尤其是临时停雨的时段，阳光撑不出来，天依然阴沉着面孔，空气像浸饱水的纱布紧裹着皮肤,连呼吸都难以顺畅。非得又一场暴雨落下来,风才仿佛被松了绑,恢复了真正的风的轻盈姿态,却又携带着雨水的腥湿气,构成另一种憋闷。

看不见的霉菌,趁着漫长的梅雨季,在陈旧的大楼深处阳光照不到的角角落落肆意生长。晚上,听着窗外四处响起的雨声,被子都仿佛沉重了几分。

艾小艾喜欢开窗,她一个人在家的时候,喜欢将她房间的、阳台的、客厅的窗户全都敞开来,让风洞穿这套房子的脏腑。她说对流的空气才能让她呼吸顺畅。她敲开我房间的门,站在过道里大声说你每天得将房间门窗打开,这样才能形成真正的对流。被风吹一吹,这屋子才像个人住的屋子……

她的声音又脆又响,显然不是说给我一个人听的。可崔晓丽仿佛没有听见,她的房门依然紧闭。而且自艾小艾来后,她无论在家不在家,门锁都是锁死的。有时她下夜班回来,我和艾小艾还没睡,那一声清脆的"咔嗒"声在寂静的夜里非常刺耳。

可是,艾小艾是个忘性很大的人。她出门时雨住了,风软了,她出门没多久雨又开始倾倒下来,风也跑来助阵。有两次我回到"蜂窝",打开大门,一股裹携着雨腥味的风就狂扑过来,晃一晃神才能正常吐出一口气。我忙不迭地关窗,那风雨已经将艾小艾房间窗前的地面打湿了一大片,地板湿漉漉的,连床单也湿了不小的一片。阳台地势一边高一边低,低的半边快成汪洋了,靠墙闲置的沙发脚都泡在水里。我不得不又扫又拖,收拾残局。艾小艾不知会在"蜂窝"住多久,地板泡坏了,沙发发霉了,最后买单的还是我这个"二房东"。

我委婉地提醒艾小艾,可下次她依然如故。我反思是不是自己将残局打扫干净了，艾小艾体会不到现场的酷烈。于是，有一次我放任不管，艾小艾回来惊跳不已，我才出手帮忙收拾。那晚，脆玻璃声响得满屋子都是。崔晓丽那天歇班待在房间里，却没出来露一下脸。艾小艾边拖地边嘀咕，这梅雨可真邪门，不过，她直起身子，手杵在拖把把上，看着我说，有人比这雨还冷。她的声音不大，也不脆。

我没有接话，心里含了一丝对艾小艾的不满，只是没说出口罢了，这麻烦是你一个人闹下的，出门记得关门窗有那么难吗……

梅雨季总会过去，两个性情迥异的室友也不是那么难以面对的事儿，只要她俩都能按时按月将租金交给我，毕竟在这个陌生的城市，"蜂窝"让我们有了恍如家的感觉，尽管每个人只不过拥有几平方米的空间，我们仨也谈不上是家人。

艾小艾交房租还及时，偶尔拖一两天，但很快就补上了。她似乎没有固定的职业，但她有一大帮子朋友，这从她每天高频率的电话就听得出来。朋友会给她介绍活儿，她也会帮朋友牵线。有时在客厅一起追剧时，她会和我聊上两句。

她来省城七年了，高中没毕业就过来了，先是在培训机构学美术兼职做模特，但她空有画画的热情却没有天分，考了两年都没考上心仪的美院，连进综合大学的门槛都难，索性放弃了。而且这两年帮她打开了眼界，她的心思不局限在美术一条路上了，她擅长交朋友，一来二去有了在酒吧驻唱的朋友，调酒的朋友，画画的朋友，玩摄影的朋友，搞策划的朋友，做生意的朋友，她就从培训机构的学生宿舍搬了出来，先与人合租，后来攒下点钱开始自己租房。可她显然过得还算顺畅，没被这几年的异地求生打磨得精疲力竭、圆滑世故，上次被骗就是证明。

没有固定收入来源的艾小艾，似乎并不缺钱。她隔三岔五端出来的水果都是高档的，有些连超市里都买不到，屋子里常年保持有鲜花，总是她房间一束，客厅一束，有次聊天我无意中和她说喜欢花草，那之后鲜花就变成了双胞胎。那些花，总是还没萎掉就换了新的。她下楼取快递的频率超过了一日三餐，有些是自己买的，有些是朋友送的。她搬进来时，杂七杂八的东西是我们仨中间最多的，她还在不断地添置，添置。幸好靠墙的柜子有一长条三排横格，那上面已经摆满了各种各样的杯子，还有我压根认不清商标的洋酒。几个立柜，也渐渐塞满了。

在艾小艾来"蜂窝"前，我曾和她约法一章，就是不能带乱七八糟的朋友来"蜂窝"住，毕竟是合租。稳定的男朋友可以，但最好不要过夜。每一任室友，我都是这么交代的。

艾小艾还算遵守约定，但她是有男朋友的。这男朋友和我观念里的有所不同，我说的稳定男友指奔着结婚方向去的那种，即便最终结不了婚但交往的初衷是这个，艾小艾显然不这么理解，她的稳定男友是一个时段一个时段的，这周是A，三周后可能换成了B，再一个月后可能又成了C。

艾小艾的男友们倒是没在这里过过夜，但有时白天她会关上房门，屋里传出让人浮想多多的笑闹声。好在我的房间离另外两个房间远，崔晓丽与艾小艾的房间门对着门，这也算是我这个"二房东"专享的一点特权吧。但长走廊有扩音效果，虽然偏安一隅，艾小艾房间里的声音还是会时不时传送过来，她似乎也不怎么避讳，可能在她看来，单身女子谈个恋爱不是天经地义的事嘛。

艾小艾的男友通常白天造访"蜂窝"，反正艾小艾一个人宅着也是宅着，有个伴时间更容易打发。除了双休，我白天基本在单位上班，可崔晓丽是三班倒，经常得白天回来补觉，兴许还得连轴上夜班。艾小艾的男友一来，任谁有再好的睡眠质量，也经不住对面房间有一对情侣笑笑闹闹。

崔晓丽来找我，苏姐，能不能让她出去闹。崔晓丽没叫过艾小艾，和我说起都以"她"指称。似乎没来由的，她从一开始就不喜欢艾小艾。我看她眼睛下面卧着两团灰晕，长年倒夜班脸色本来就差，现在更显得苍白无血色。心想，这艾小艾也真是，由着性子，也不晓得顾虑别人的感受。

虽然交男友属于个人隐私，不在房东管辖范围，可崔晓丽的话和表情，让我这个"二房东"不能再睁只眼闭只眼了。我委婉地提醒艾小艾，崔晓丽白天在家的时候通常都在补觉，除了在医院倒三班，她还在一家卫生所兼职，辛苦得很，补觉对她来说是天大的事情……

呀，她还在兼职？一番话，艾小艾根本没抓住重点，她大眼睛扑闪扑闪的。难怪她脸色那么差，她是家里……很困难吗？我可以介绍些轻松又赚钱的活儿给她。

我不知道艾小艾说的活儿具体是什么，但崔晓丽肯定不会接受。每每艾小艾满身香气地出门，一路在客厅留下经久难散的扑鼻异香，崔晓丽若是刚好出来上厕所，一定会将阳台和客厅的门窗全部敞开来透气。她虽然不说什么，可对艾小艾那份打心底里的隔涩，我能感觉到。

可我不能将这感觉传达给艾小艾，作为"二房东"，我只能尽力抹稀泥来弥合两人之间的缝隙。我决定以情动人，感觉艾小艾还吃这服药。

晓丽家在农村，好不容易考上大学，又好不容易留在省城，不过现在还是临时身份,还没转正。她家的情况我不清楚,但好像她妈常年有病,一年到头要买药寄回去的。她身体也弱,你这个姐姐体谅体谅她,她在家补觉的时候,你就和朋友出去耍。我故作轻松地笑,用了四川话的"耍"字。

姐,我晓得了。这妹子看来也可怜,大概心里苦,难怪待人那么冷。艾小艾说得挺真诚,拉开一副和我掏心窝子的架势。苏姐,你别以为我是乱来,感情的事我从来没有不认真过,每一段感情我都是认真的,可……那一刻她的表情显出迷茫来,长睫毛耷拉着,密密匝匝地铺排在眼睛下面,鼻翼微微翕动,竟有一股说不出的伤感,可能……我还没遇到真命天子吧。

她这副样子,让我不忍心再说下去。有人终身恋爱一次就遇上了真命天子,可也得允许有人一生恋爱 N 次,说不定哪一次就撞上了真命天子呢。

我说过,艾小艾是忘性大的人,在我提醒之后安静了一段时间,之后又故态重演了。也有时她男友先来,崔晓丽中途回来,总不成我向崔晓丽要份三班倒的安排表,塞到艾小艾手里吧。每逢这时候,崔晓丽总是回家洗把脸,就又出门了,门锁重重地撞响。这响声让艾小艾的房间静寂一刻,很快又爆发出了笑闹声,且知道屋里没人了,笑闹得更加放肆无忌。我不知道崔晓丽去哪里打发这段时间,她一直像只警惕的孤独的刺猬,原先她还会偶尔松弛地露出肚皮,现在却将自己紧紧地包裹起来,在"蜂窝"里沉默地来去,越来越像一道影子。

一天晚上,我刚关机躺下,听到有人敲房门,很轻,鸡啄米一样。我以为是崔晓丽,这敲法不是艾小艾的风格,可崔晓丽从没这时间来敲过我的门。我拧亮台灯,门外站着艾小艾。

她将一根手指竖在嘴唇上,一副神神秘秘的样子。没等我反应过来,她将门缝推开,从我胳膊下钻了进来,又将门在身后关上了。我诧异又不满,这么晚了她这副神神怪怪的样子是干吗?

苏姐,你听听,崔晓丽是不是在哭?艾小艾将门翕开一道缝,示意我将耳朵凑到门的缝隙边。

我将头探出去,走道里斜劈出一道光亮,从艾小艾虚掩的房间里泄出来。崔晓丽的房间黑着。我只听到滴水声,一定是卫生间的顶棚又在漏水。我面露狐疑回头看一眼艾小艾,她认真又紧张的表情不像是开玩笑,我再次将头探出去,在黑暗和滴水声交织的幕布上,一线声音悠悠地浮动着,像哭声。我仔细辨别方向,确实像是从崔晓丽屋里传出来的。我听了又听,确认没错。

回身掩上门,望定艾小艾,她怎么啦?这话一出口,我就知道是一句废话。

艾小艾比我高出大半个头来,刘海在额头留下凌乱的被灯光拉斜的暗影,衬得一双大眼睛特别晶亮。她耸一耸肩,我一直戴着耳机听音乐,刚刚摘下耳机,就听见……她的声音小心翼翼。我心里一暖,崔晓丽对她从来没有热乎过,这一刻艾小艾却是真在为她担心。

咋办?她问我。我也不知该怎么办,如果是艾小艾,我可能直接敲门去安慰一番,可那是崔晓丽,她关紧房门,竭力压抑哭声,不就是不想让我们知道吗?

4

"蜂窝"来了两位不速之客,不只我和崔晓丽大吃一惊,连主人艾小艾也大吃一惊。

进入6月，梅雨终于放低了频率。气温开始上升，太阳一出来，湿气就收了进去，重新藏到墙缝屋角那些阳光晒不到的地方。

自从听到崔晓丽的夜半哭声，艾小艾的房间安静了一段时间。她说话、走路似乎都放轻了，但我能感觉到她身体里弥漫着一股躁动，热闹惯了的人，哪里那么容易习惯安静下来。

艾小艾迷上了煲汤，天天煲，日日新，今天银耳红枣莲子汤，明天鲜菇土鸡汤，后天萝卜炖老鸭汤，大后天莲藕排骨汤……"蜂窝"里弥漫着浓郁的食物香气，一层还没散尽又铺排了一层，那香气像一只不停朝你的胃勾动的手指，极尽诱惑之能事。

艾小艾也恢复了热情的本色，一再招呼我和崔晓丽分享。崔晓丽还是惯常的拒绝，我却挡不住艾小艾一而再再而三地邀请，也因为合住几个月对她有了了解，看出她的心肠真不坏，她熬这些汤没明说为啥，可我能猜出其中情由。她一旦固执地热情起来，那脸皮可真是厚，上一秒你刚拒绝了，下一秒碗又递了过来。我之所以乐意分享，也是想做出姿态来给崔晓丽看，大家都是室友，也是几百上千年修来的缘分。

慢慢地，崔晓丽也破了戒，一旦破戒就不愁没有下一次了。她不好意思端着碗回房间独食，也就坐到客厅来，三人各捧一只碗，喝得吸吸溜溜地响。

投桃报李，是中华民族的传统美德。有时我也买点食材回来炖汤，反正艾小艾备齐了大大小小的汤锅，她还是精不厌多的采买方式，土陶的、不锈钢的、搪瓷的、烧火的、插电的，备了一大堆，不用也是浪费。再后来，崔晓丽也不好意思了，也会买了食材回来炖汤，她会加入一些中药材，味道特别又养生。每次艾小艾喝到，都是一副惊叹的表情。

"蜂窝"就此开启了每日一汤的日常养生模式。反正,宅女艾小艾可以守着汤锅,实在没人的时候就交由电煲锅。谁不在家,做的人会将汤放进冰箱,回来的人自然而然打开冰箱,肯定能看到一大碗汤安静地等待着,上锅煮沸,或下几根面条进去,加个鸡蛋,再阴湿的天气都能迅速恍过神来。

不速之客,是两只我从没见过的小家伙,像鼠又不像鼠,模样比老鼠可爱多了,一对晶晶亮的大眼睛,向前突出的小嘴巴粉粉嫩嫩的。送它们来的是一家宠物店的小伙子。

两个小家伙叫蜜袋鼯,我第一次听说这名儿。

小伙子告诉我们,蜜袋鼯是近年才在国内时兴起来的萌宠。它们一公一母,母的肚子上有个小袋子,是育儿袋。它们的身体两侧有一层薄膜,从腋下一直连到腿侧,只有两臂张开时才能看得见。靠着这薄膜,蜜袋鼯成了少有的"飞宠",但准确说是滑翔。一旦养熟了,它不仅会认你亲你黏你,还可以从高处"飞"向你,带给你满满的被需要感,蜜袋鼯也被称为治愈系萌宠。

在艾小艾的追问下,小伙子努力回忆,是一位长发男人订的货,指定送到这里。

我们仨凑在一起,两只蜜袋鼯缩在一只棉布窝里,齐齐伸出小脑袋,似乎惊惶不安地打量着我们。那样子简直萌极了。在短暂的惊诧之后,艾小艾乐开了花。她像个突然得到心仪玩具的孩子原地蹦了起来,还忍不住抱住我和崔晓丽各亲了一下,亲在额头上。崔晓丽一脸尴尬,迅速退出了房间,回自己屋里去了。

两个小东西可不是孤身而来,它们带来了一大堆家什,阵势浩荡。小伙子一样一样往"蜂窝"里搬,让人生出源源不绝之感。

一个齐人高的铁笼子搬进了艾小艾的房间，比人还宽，铁丝比我见过的猫狗笼要细密。宠物店小伙子将笼子组装起来，里面安上四面有孔的布袋、棉窝、食盆、跑轮、衬垫，还在铁丝间绑了几根树枝，树枝间挂了几根绳子，小伙子说那是桉树枝和吊床，供蜜袋鼯攀爬、玩耍、嬉戏。一个陶瓷灯，一个加湿器，一个榨果汁机，一台空气清新器，还有奶粉、蜂蜜、鸡蛋、澳洲花粉、复鼠类动物专用高蛋白营养品各一袋，一大包水果，木瓜、叶子、凤梨、柑橘，一大包蔬菜，萝卜、绿豆芽、小白菜、芥蓝、空心菜，一袋面包虫，一袋奶酪球，还有婴儿香皂，除尿味饮料……看得人眼晕。小伙子说这都是蜜袋鼯需要的，订货人一起买齐了，具体用法详细地写在"小蜜养育指南"上。他叮嘱艾小艾，蜜袋鼯昼伏夜出，夜间活跃。这两只蜜袋鼯出袋一个多月了，基本可以自己进食，但手工喂养可以增强与主人间的亲密感，喂养中有不清楚的问题，可以打宠物店的电话咨询。

脆玻璃声重新充满了"蜂窝"。每隔几秒，艾小艾就会发出一声又惊又喜的尖叫。新来的两个小家伙，让艾小艾欢喜不尽，又手足无措。

为了营造氛围，艾小艾将窗帘拉上了，让房间提前进入夜晚。两只蜜袋鼯不停地发出细弱的"嘎嘎"声，艾小艾不知其意，长时间蹲在笼子外面瞧着两只小家伙，又琢磨不出个名堂。也许是被盯烦了，也许是被吓住了，两只蜜袋鼯干脆将头整个缩进了袋子里。艾小艾等了又等，疑心它们不会给憋死吧，她忍不住打开笼门，小心翼翼地用手拨开袋口，冷不丁地，手指一痛，她条件反射地将手缩回来，嘴里发出一声尖叫。

这声尖叫与众不同，我和崔晓丽都跑出了房间。艾小艾的手指尖被蜜袋鼯咬了一口，伤口很浅，不仔细看看不分明。她睁着一双大眼睛紧张兮兮地望着我们，声音里带了哭腔，怎么办，怎么办，它会不会带病毒啊，我要不要去打狂犬疫苗？

一点点伤口就把她紧张成这样，我还以为艾小艾是天不怕地不怕的胆子呢。崔晓丽不慌不忙，拿来碘伏将伤口处做了清洗，边清洗边解释，这种幼鼠没什么毒性，没必要去打针。她的动作很专业，样子也很专业，这还是我第一次看到她当护士的样子。

艾小艾松弛下来，眼睛里重新浮上了喜色。她似乎为自己刚才的过度反应感到不好意思，冲着蜜袋鼯一通嗔怪，这小家伙别看个头小，年纪小，还会咬人了……

弄完伤口，再看蜜袋鼯，只见棉窝里探出了一只小脑袋，仿佛在好奇地打量我们这三个巨人。有我们在身边，艾小艾似乎恢复了胆气，她将手伸进笼子，探向小脑袋，嘴里念叨着，这是咬我的那只呢，还是老实的那只呢，让我看看，让我看看。

一声尖叫蹿起，我心头一麻，以为艾小艾又被咬了。她没缩回手，急慌慌地用两根手指扒开窝口，眼睫毛都触到笼子了，少了一只，怎么少了一只，窝里只有一只了！她的手烫着一般缩回来，满脸无助地望着我们。

崔晓丽冷静，和她换过位子，将手探向窝口。窝里确实只剩一只蜜袋鼯了，另一只跑去哪儿了？

原来，刚才只顾着艾小艾受伤的手指，笼子门忘了关。我们仨一通忙乱，将艾小艾的房间翻了个底朝天。她屋子里的东西可真多啊，两个月时间，比刚搬来时膨胀了不只一倍，加上今天随两只蜜袋鼯送进来的东西，原本是"蜂窝"最大的房间，现在变得拥挤不堪。

为了找到那只小东西，大家不得不将临时堆在墙角的蜜袋鼯的必需品一样一样翻开来。崔晓丽边翻边嘀咕，啧啧，这宠物真是比人活得滋润……你这不是请了对祖宗回来吗……这下有得你忙了……

终于，在一只窝在墙角的棉拖鞋里，我们找到了那只试图逃跑的蜜袋鼯。

艾小艾心有余悸，不敢伸手抓它。我对毛茸茸的东西素来心理过敏。崔晓丽拨开我俩，伸出一根手指慢慢探向小家伙，她静静地等了不知有多久，一只小爪子伸了出来，尖尖细细的指头攀住了那根手指。慢悠悠地，那个小家伙居然将整个身体攀缘在了手指上，仿佛抱着一根树枝。我们屏住呼吸。崔晓丽缓慢地移动，将小家伙送进窝口，它还迟迟不肯放手。

小伙子交代得四个小时给蜜袋鼯喂一次食。艾小艾做不利落，崔晓丽接过手去调配HPW酱汁，将蜂蜜、鸡蛋、30度温水、高蛋白营养品、澳洲花粉按一定比例配好，再用果汁机搅拌均匀，用注射器和吸管汲取7.5ML。按照食谱，崔晓丽又切碎了一小碟水果，有五种之多，一小碟高钙蔬菜，也有五六种。崔晓丽忽然停住手，冲着窝在沙发上反复翻看自己受伤手指的艾小艾，你确定要养它们吗，这可是请回了一对活祖宗！

艾小艾抿着嘴，没有回应，先前的喜悦已经化为满脸惆怅。尽管这么问，崔晓丽喂两只蜜袋鼯的样子既专业又专注，仿佛她面对的是一对嗷嗷待哺的早产婴儿。我们仨凑在一起，崔晓丽先用手握住那只一直老实待在窝里的蜜袋鼯，将注射器放进它的小嘴，缓慢地推送注射器，蜜袋鼯开始还扭开头摆出不想吃的样子，可经不住崔晓丽的耐心诱导，一点一点吞食起来。

那样子萌极了。喂完一只,再喂另一只。我们仨的情绪都被这小东西给左右了,直忙到夜里十二点,才将它俩安顿好,各自回房睡觉。

艾小艾破天荒做了一夜功课,为了两只蜜袋鼯。她将用红笔、蓝笔画了不少线条的"小蜜喂养指南"拿给我看,说她反反复复研究了好几遍,现在对自己有点信心了。看来,她打算留下这对活祖宗了。

崔晓丽对两只蜜袋鼯的态度说不上热,也算不得冷,需要帮手的时候,她立刻援手,做得专业到位。两只蜜袋鼯,尤其是曾躲进拖鞋里的那只,似乎特别黏她,对艾小艾反而不甚亲密,惹得艾小艾吃醋般嗔怪,你这个小东西,给你开了那么多"小灶",喂了那么多"野食",还是养不家你啊!

这时,崔晓丽会难得地露出一丝笑容,任凭小武(艾小艾给起的名儿,另一只母的叫小爱)在她手上缠来绕去,欢腾不休。崔晓丽原来下班回来都是直接进屋,关门,现在是洗了手先跑去看小武和小爱,逗弄它们一会儿才去补觉。

可是,两只小家伙带来的不只是欢乐。电费大幅度上升。本来我们仨的用电量很小,哪怕艾小艾整天待在屋子里,一个月也不过六七十元电费,可现在艾小艾将蜜袋鼯当了心肝宝贝,为了给它们提供恒温恒湿的舒适环境,天一冷就得开着陶瓷灯,空气清新器更是24小时开着,头一次电费过了百。

我去收电费时,崔晓丽没说什么,但脸色不似素常那么平静。我知道,增加的数额平摊后并不多,但她是节俭惯了的人,每一分钱都花在刀刃上,现在可是为了两只四体不勤、五谷不分的小东西买单。我接过钱没说什么,这么点钱数一旦郑重去说,素来敏感的她恐怕会更介意。

小武和小爱给"蜂窝"带来了新鲜气息,似乎也弥合了我们之间的缝隙。艾小艾虽然将"小蜜喂养指南"学习了N遍,但还是像个悟性很差的学生,处处不得要领。只要小武和小爱有一点点状况,她就大惊小怪一番。我和崔晓丽自然不能坐视不理。现在,因为两只蜜袋鼯,我们仨结成了真正的命运共同体。

5

两只蜜袋鼯来到"蜂窝"一个月后,将它们送进艾小艾生活的那个男人,在我和崔晓丽面前浮出了水面。

原来是SUV先生中的一位,搬家那天迟迟不肯撤走的长发披肩男人。他来"蜂窝"那天提了满满两手东西,胳膊下还夹了一大束天堂鸟,乍看去,像是携着一大束飞腾的火焰。

艾小艾将花插进花瓶,搁在餐桌上。她说怕小武和小爱对花粉过敏。十来枝天堂鸟,朵朵展翅欲飞的样子,"蜂窝"登时鲜亮起来。

艾小艾叫他施老师。看起来他挺有艺术范儿,但年龄似乎不小了,脸颊上有些陈年积淀的痘痕。说心里话,我觉得艾小艾配他绰绰有余,不过他似乎对艾小艾特别上心。他带来的东西一部分是给小武和小爱续购的食品,一部分是菜市场很少见到的食材。

第一次来"蜂窝"的施老师,没在艾小艾房间里笑笑闹闹,而是直奔厨房忙开了。他系上围裙,一副居家男人的样子,剥虾剁拍蒜,收拾鲍鱼,竹荪泡水,牛排翻煎,整只鸡塞进猪肚里煲汤,三个小时后一桌中西结合的美食摆满了餐桌。艾小艾的那些形状古怪的玻璃器皿都派上了用场，仿佛被施老师撩动了兴致，她调制了四杯看起来像艺术品、让人不忍下口的鸡尾酒，施老师的是一杯"忍冬龙舌兰"，我的是一杯"蜂蜜玫瑰玛格丽特"，崔晓丽的是一杯"薄荷茉莉普"，她自己的是一杯"樱花香雨"……

就座前，施老师非常绅士地一一为我们拉开椅子，请我们入座。这是艾小艾来后我们第一次正式聚餐，也是"蜂窝"史上少有的。坐在我对面的崔晓丽面色格外柔和，我们四个人一起举杯敬进入尾声的这个春天，漫长的梅雨季终于过去，热烈的夏天正踩着风火轮奔来。

席间，施老师不停地给艾小艾夹菜，看起来就像一个百般疼爱孩子的父亲，生怕孩子少吃了一口。艾小艾眉毛飞动一下，他都能迅速感知到她需要什么，马上将东西递到她手上。艾小艾倒是端着架子，女王般享受着这份尽心竭力的殷勤。男人的万般呵护，被滋养的是女人的虚荣。我觉得今天的艾小艾有点故作姿态，要知道她平素对待那些男友可不是这样的，嬉笑怒骂，坦荡得很，随性得很，今天她对施老师颇有些颐指气使的意思，让我暗暗替她捏一把汗，可施老师仿佛非常享受这种献殷勤的快乐。殷勤足以弥补其他不足吧，哪个女人不想被呵护得像个公主呢。看来，艾小艾就快搬离"蜂窝"了，我又得寻找下一位室友了。

艾小艾没有和施老师闭门笑闹，吃完饭施老师洗碗，我们在客厅逗小武和小爱。我示意艾小艾去陪施老师，她撇撇嘴没有动身子。两个小家伙已经把我们仨当亲人了，在我们身上肆无忌惮地玩耍。可它们对施老师有些认生，小武不留情面地咬了施老师一口，它现在的牙齿可比一个月前厉害多了，但施老师表现得很勇敢，连崔晓丽提出的消毒都不要，还是艾小艾硬逼着他用碘伏清洗了一下。小爱比小武也好不到哪去，在我们手里缱绻娇柔地爬来爬去的她，刚被施老师接过去，就在他身上撒了一泡尿，害得艾小艾用消毒纸巾给施老师擦了半天。时间就这么给耗光了，施老师不得不告辞，艾小艾送他下楼，我以为两人会趁便压压马路，可艾小艾很快就回来了。

崔晓丽回了房间，艾小艾似乎不想回房间独处，和我在客厅有一搭没一搭地说话。

没等我问，她就告诉我，施老师真是她的老师，是她刚来这座城市在美术培训班时的老师。去年他刚和老婆离婚，说是老婆去了国外定居，儿子也带去了，过去一年后提出了分手，具体情况她也不清楚。施老师对她很殷勤，什么都顺着她，有时候她还没想到的，他就替她准备好了。可她心里……她沉默了一刻，怎么说呢，心里并没有那种感觉，苏姐，你知道吗，就是那种那种感觉，不过，她咬着下嘴唇，我也挺享受他这份殷勤的，总之，他和别人不一样。可是，我也不知道该怎么办，真的不知道……

我很想说，你不知道的话就不着急，再等等看，你那么年轻，时间会帮你厘清一切。可我什么也没说，在情感方面我是白纸一张，甚至还没有这个比我年轻几岁的妹妹有经验，我的感觉又怎么能取代她的感觉？蜜袋鼯我们可以帮她养着，可她未来的一切得靠她自己抉择。

也不知是不是蜜袋鼯的缘故，艾小艾的男友们都次第消失了身影，只有施老师成了"蜂窝"的常客。艾小艾还会接活儿，可没以前那么急切了，她说施老师每月给她四千元零花，这还不包括买衣服买包买首饰的临时开销……她似乎不是想向我们炫耀，倒像是有点拿不准这样好不好，说出来给我们甄别。崔晓丽听到她说起这个，会借故走开，回自己房间。而我，也不知道该如何接话。说她幸运，提醒她天下没有免费的筵席？我又哪里是先知，如果因为自己的一句话，让她错失幸福或者跳入深渊，都不是我担得起的责任。说到底，我们只是合住几个月的室友，而不是贴心贴肺、患难多年的密友。

艾小艾常常坐在客厅沙发上，任电视开着，一副心思迷离的样子。小武和小爱在她的指间、衣服上、沙发上爬来爬去，玩累了它们就会自觉地偎进她的手心，仿佛那里是它们的港湾。"蜂窝"里再难听到艾小艾脆玻璃般的笑声了，她好像在这个刚刚开始的夏天，突然间就发生了蜕变，不再是先前那个没心没肺快乐着的艾小艾了。

那天我回到家，艾小艾等在客厅里。她少有的满脸严肃，拍一拍身边的沙发，苏姐，来坐，有事和你说。

艾小艾在大街上遇见了崔晓丽，不是一个人，是两个人，她和一个男人。而且两个人不是正常的走路，或者拍拖，男人在训斥崔晓丽，大声地训斥她。艾小艾起初没有看见崔晓丽，是被男人的训斥声吸引过去的，旁边已经围了几个人，大家都驻足观望。艾小艾走近前，才发现女人是崔晓丽，她垂着头，双手拽着男人的衣袖，肩头耸动，在哭。围观的人越来越多，男人没有一点罢休的意思，他在指责崔晓丽不要脸，死缠烂打，缠着他不放。

那些话说得很难听，艾小艾一脸痛苦的表情，仿佛又回到了当时的情境中。

后来呢？我喉头发紧，心揪缩成一团。这个样子，女孩哪有不羞愧的，晓丽一直垂着头，脸埋在发丛里，那里可是街口，来来往往的人很多……男人拼命想脱身，使劲甩手臂，可晓丽抓得很紧，后来她被男人拖拽在地上，半跪着，还是不肯松手。我想冲上去的，可，可心里犹豫，你知道晓丽的性格，我想万一男人动手了，我一定冲上去护着晓丽，那男人倒是没动手，只是一个劲地骂，骂得很难听……后来警察来了，有人报了警，晓丽被警察从地上扶起来，我怕晓丽看见，就退到了街对面，远远看着，警察将他俩带上了车，我才离开。

他们是什么关系？艾小艾恐怕也不清楚，可我还是忍不住问。

我感觉，听那男人话里的意思，他们谈恋爱有一段时间了，现在那男人想分手，晓丽不答应……

我俩陷入了沉默。夜色从窗外侵入，迅速占领了"蜂窝"。我们都没起身开灯。门锁响时，我和艾小艾不约而同站起身，又不约而同对了下眼色，心有默契似的各自奔回了房间。

崔晓丽回来了，她没有去艾小艾的房间逗小武、小爱玩，回了自己房间。我站在屋子里，竖起耳朵，没有听见门锁"咔嗒"声，心里犹豫着该怎么办，坐下又站起，站起又坐下，直到艾小艾那边传来叫声，苏姐，晓丽，你们快来看小武这是怎么啦？

我奔进艾小艾的房间，小武被艾小艾捧在手里，大眼睛瞪着我，似乎没什么异样。我明白了艾小艾的意思，可崔晓丽没有过来。我俩对一下眼色，艾小艾领头去敲崔晓丽的房门。

晓丽，你快帮我看看小武这是怎么啦，我刚喂它吃东西，它都给吐出来了。艾小艾的声音像脆玻璃被击响。自从小武、小爱来后，窗帘长期关着，门窗也关着，再没听到过风铃声和艾小艾的脆玻璃声了。

艾小艾说了几遍，门终于开了。屋里只开了一盏台灯，崔晓丽没让我们进屋，她从艾小艾手里接过小武，小家伙马上妥妥帖帖地攀住了她的手指。逆着光，我看不清崔晓丽的表情，她垂着眼睛，两边的头发遮住了大半边脸。

这小子，刚才还蔫巴巴的，一到你手里就活了。你帮我观察观察它吧，我先去给小爱洗澡。艾小艾真的有表演天赋。

崔晓丽没吭声，关上了门。我们回到艾小艾的房间，她俯近我耳边，小声地，有小武陪着，她应该没事。

我不禁在心里对她竖起了大拇指，别看她素来大大咧咧的，心挺细。

我没想到，艾小艾居然托人找到了那天接警执勤的警察，从他那儿打听清楚了崔晓丽和那男人的情况。男人曾在崔晓丽实习的呼吸内科住院，开始像个刺儿头，净挑医生护士的毛病，崔晓丽老实，护士长就让她负责那床病人，男人快出院时竟然开始追求崔晓丽，每天在病房里绕着崔晓丽打转。出院后，他还经常跑到病房来，开始约崔晓丽吃饭，一次没成求第二次，二次没成求第三次，一直冷脸冷心的崔晓丽不知怎么被这男人给融化了，两人开始谈恋爱。很快男人像变了一个人，还是经常来病房，可一起吃饭都变成了崔晓丽买单，他说自己身体还没复原，公司也将他辞退了，正处在困难时期，崔晓丽就老老实实地买单。可崔晓丽那点钱，哪经得起两个人长时间吃喝，男人经常借口要补身体加强营养，点些崔晓丽平素都不舍得吃的菜，崔晓丽就有些怨怪积在心里了，两人有时会有口角，但男人总是过不了两天又来找她，约会的主要内容还是吃饭。两人处了四个月，男人突然提出来借钱，说他妈妈脑溢血，在老家住院，他这个不孝子不仅不能在床前尽孝，还连钱也拿不出来。他在崔晓丽面前抱头痛哭，从没谈过恋爱的崔晓丽哪经过这场面，又心疼他，又担心病危的老人，犹豫再三，还是拿出了自己积攒的一万六给男人救急，男人感激得差点跪在她面前。钱拿走了，男人也联系不上了，崔晓丽一直在找他，事到临头她才发现自己对这个男人根本没什么了解，知道的那一丁点信息都是假的。她这才着了慌，又不好意思和别人说。那一万六千块钱可是她大学勤工俭学和实习后省吃俭用攒下的，现在全喂给了一个骗子，她想想都觉得忍不下这口气。她一直在找，她去男人带她去过的餐馆、带她去过的电影院、带她去过的公园，反复回溯记忆，捡拾一点一滴线索。没想到，男人居然被她找到了。

那天，她在男人第一次带她去的面馆外面，瞧见了男人的侧影。那熟悉的身影，正若无其事地吃着面条，习惯性地将汤底都喝得精光。崔晓丽的心跳得激越，可她十分冷静，没有冲进去，而是站在面馆对面街边的一棵香樟树后面，等男人走出面馆，拐进一条巷子了，她才跑上去，一把拽住男人的袖子再不肯放开。

崔晓丽还是太天真了，她以为男人被识破后会惊慌失措，会向她告饶、忏悔，她才在小巷子里截住他。可出乎她意料，男人一点没慌，看见她竟然还笑了一下。他没往巷子深处走，而是往大街上奔。千辛万苦才找到他，崔晓丽哪里肯放手，两人很快就置身人来人往的路口了，男人开始大声斥骂起来，他骂崔晓丽不要脸，骂崔晓丽是个下贱货，缠着他不放……崔晓丽无法还嘴，无法辩驳，她在众人的视线压迫下连头都抬不起来，根本张不开嘴，积压多时的委屈化作眼泪扑簌簌往下掉。男人早预想到这一点了，可男人没想到崔晓丽那么倔，那么拧，怎么也不肯松手……警察来后，男人立马怂了，在警察的要求下没两天就将钱退给了崔晓丽，还哀求她放他一马，说他妈妈脑溢血住院是真的，看在他妈盼着他回去的分上，别让警察记录在案。

我想起前一阵子崔晓丽脸色很差，白得像张薄纸，能看见皮肤下的条条青筋。还有那天夜半压抑的哭声，心里针刺一样。那会儿，这丫头心里该有多疼啊。

我和艾小艾都没和崔晓丽提起这事，只是不时地以小武、小爱为借口去骚扰她。蜜袋鼯不愧是治愈系萌宠，崔晓丽渐渐从阴霾中走了出来，脸上又依稀见了笑意。

小武和小爱一天天长大，越来越情投意合，天天如影随形，腻歪在一起。它们成了我们仨的宝贝。天也一天天热起来，因为艾小艾的房间不能开窗通风，屋子里空气憋闷，崔晓丽不再紧闭房门了，每天会将门、窗敞开来，让风从另一个方向进入，洞穿"蜂窝"的脏腑。

艾小艾为了给小武小爱降温，一天24小时开着电扇，有时还开空调。收电费时，她递给我一百元，苏姐，我每月交双份吧，崔晓丽那份别收她的，她不容易。我犹豫，晓丽要是知道了……艾小艾眨眨眼睛，要是她问起来，就说是老施给小武小爱的福利。

崔晓丽被骗的事快被我忘到脑后了，突然有一天，艾小艾攀住我的胳膊兴奋地对我说，苏姐，我找人把那男的教训了一顿，帮咱小妹出了气。艾小艾自说自话将我们仨排了序，我是老大，她是二姐，崔晓丽是小妹。崔晓丽却从来没叫过她姐。

你没闹出事来吧？说实话，我听了觉得挺解气，又怕艾小艾这一闹给崔晓丽添麻烦，晓丽可是在明处，那男的在暗处。

别怕,我将他家底都摸清了。他在老家有老婆和一个四岁的孩子呢,简直是个混账东西。艾小艾咬着牙,压低声音,再借他两个胆子,他也不敢把小妹怎么样。苏姐放心,我拜托的朋友,心里有数着呢,既让他记住教训,又不至于怀恨在心,阴魂不散地围着小妹。

艾小艾一得意起来大眼睛就扑闪扑闪的。她松开我,伸出手掌,冲着攀在门楣上的小武夸张地抖动着。最近,她迷上了训练小武小爱飞翔,小爱胆子小,紧紧地贴住门楣一动不动,小武将头扭过来扭过去,看起来挺机灵的样子,可训练三天了,还是没展示过飞翔的本领。

崔晓丽刚洗完澡出来,被艾小艾叫住了。她走进来,冲着小武抖抖指尖,小武忽然一转身,张开双臂,瞬间它的身体两侧变出了一对小翅膀,轻盈地滑翔而下,稳稳地落在了崔晓丽的手指上。

这一幕,让我们仨都惊喜得又叫又跳。

兴奋劲过去,艾小艾突然拿手指点着小武的脑袋,气急败坏地大叫,小武,你个叛徒!

6

窗外的空调机形成了合奏,水滴击打在老式雨棚上,形成连绵不休的夜的奏鸣曲。我也开了空调,只有崔晓丽还在坚持。听说施老师给小武小爱夏天的福利,顺便帮她买了电费的单,她越发不好意思用空调了,一直靠一把呼呼作响的小电扇熬过漫漫长夜。

这座城市是著名的"四大火炉"之一,仿佛从春天一步就跌进了夏天,在燠热的深渊里一个劲地往下掉。小武、小爱长得有模有样了,它们可是正当豆蔻年华的少男少女。

艾小艾说施老师向她求过两次婚了,她还没答应。习惯了三个人的相处模式,我自然巴不得一直这样下去,再找到一个如此妥帖的室友可不是件易事。可我也知道"蜂窝"不可能永远留住艾小艾,就是我,迟早也会有离开"蜂窝"的那一天,关键是艾小艾对施老师的感觉。

你对他到底怎么想,总不能一直悬而不决,施老师那边一定心急火燎。我和艾小艾喝着冰镇银耳莲子汤,是施老师应艾小艾的要求,买了给她送过来的,一口气买了六份,她也没让人家坐下歇口气,借口天气太热大家衣衫不整,异性不宜在"蜂窝"久留,将他打发回去了。

艾小艾拿汤勺舀着汤汁,黏稠的汁液从勺子上缓缓滴落。他是着急,可我,我这心里,咋那么不踏实呢。苏姐,以前吧,我刚到这座城市,揣着爸妈给的三千来块钱,学费他们替我交了,我得用这三千来块钱租房,购置生活用品,吃饭,天天数着一分钱一分钱地算账,可那时心里挺踏实的。后来我靠自己能力挣钱,朋友多,整天乐呵呵的,虽然你们看我那样子好像不太靠谱,可我也过得挺踏实的。现在,老施待我不能说不尽心,百分百达不到,百分之九十五是有的,可我就是感觉不踏实,我也说不清楚原因,有时看着他那么殷勤地笑着,宠着我,我……大概是存了老观念吧,觉得他结过婚,还有个孩子,心里总有个疙瘩似的。

你可别不知足。施老师这人是有缺点,不过看起来对你是真心实意喜欢……两个月后,再想起劝艾小艾的这句话,我恨不得抽自己嘴巴子。

不知道是不是我这句话起了作用,艾小艾答应和施老师去云南度假。她将小武、小爱拜托给我和崔晓丽,交代说晓丽房间太闷,可以睡到她那儿去,反正空调24小时开着。可晓丽不肯,这丫头就是骨子里倔。

艾小艾离开的第一晚,小武、小爱折腾了一夜,它们发出像小狗一样"汪汪汪"的叫声。看着那么娇小的它俩,闹腾的劲头一点不输疯癫起来的艾小艾。我不得不一次次爬起来,跑进艾小艾的房间看它们。见到我,它俩连连磕着牙,冲我发出"哒哒哒"的声音,我不知道这是啥意思,拿手抚慰它们一阵子,待它们安静了再放回窝里。等我回到房间,没过多久,它们又"汪汪汪"叫起来。

这一晚,我奔跑在"汪汪汪"和"哒哒哒"之间,身心俱疲。

不放心它们的艾小艾,一天打了三个电话。我不敢和她说这情况,怕任性的她掉头就回,将人家施老师丢在半路上。我看她对小武小爱上心的程度,远远超过了施老师。

第二天在确认崔晓丽不肯搬进艾小艾房间后,我住进了艾小艾的房间。艾小艾的房间虽然大,空调凉爽,可堆放的东西太多,东西一多就挤占了人的自由空间,让我生出憋闷感,连续几晚都没睡安稳。难怪老辈人说,金窝银窝不如自己的狗窝,这下我体会到了。

小武小爱倒适应得快,一副有我足亦的安适模样了,似乎将艾小艾忘到了脑后。可它们是夜间活跃的动物,白天呼呼呼睡饱了,晚上就出来在跑轮上跑啊跑,在吊绳和树枝间悠来晃去,精神头十足。我心里直叫唤老天爷,能不能让它们安静一会儿,哪怕一会儿也行。原来之前的一夜夜,艾小艾都是这么度过的,她居然还能对这两个日夜颠倒的小家伙一直保持高度热情,真是让人佩服。

就在我苦不堪言度过了四晚后,艾小艾提前回来了。她说实在是放心不下这两个宝贝,每天过得心神不宁的,就提前结束了行程。好在施老师全然听她的,白白浪费两晚豪华客栈住宿费也没抱怨半个字。艾小艾给我和崔晓丽各买了一只银手镯,她也有只一模一样的,说这是咱三姐妹义结金兰的信物。她看起来挺开心,悄悄告诉我,她准备和老施拿证了。两人不准备大办婚礼,毕竟老施不是头一次了,各方面的情绪都得照顾到……我有些意外,结婚这件女人生命中的大事,对于艾小艾可是第一次,我没想到艾小艾能这么通情达理。

在这座城市最燠热的一天,艾小艾和施老师去民政局领了结婚证。那天艾小艾穿一件白纱裙,裙子的长度破天荒齐到了膝盖那儿。崔晓丽上中班,我也得上班,但我们起了个大早,看艾小艾对镜贴花黄。她化了个端庄又美丽的妆容,边抹腮红边自嘲,这么大热天去领证的,也是没谁了吧,两个疯子。估计没等拿到证,这一脸就花了,到时跟个花猫似的,吓工作人员一跳……

施老师早布置好了新房,说是按照艾小艾的审美风格重新装修了旧房子。拿证后,艾小艾和他直接去新房。不过,她在"蜂窝"的房子不退,小武小爱一时半会儿还搬不过去,施老师养了两只猫,只能过一段时间再说。艾小艾仰起化了一半唇线的红嘴唇,看着我,没准啥时候我想回来住了呢,这里就当是我的"娘家"。

我和崔晓丽将艾小艾送上施老师的SUV,笑着和施老师开玩笑,我们把二妹子交给你了,你可得好好对待二妹子,否则我们这做大姐和小妹的可不答应……施老师笑得满脸的痘痕都仿佛乐开了花。车门关上,锃光瓦亮的车皮反映着蓝天白云和我们的倒影,平稳地滑出了我们的视线。

开启了婚后生活的艾小艾,时常溜回"蜂窝",她倒不是想念我和崔晓丽,是割舍不下小武和小爱。可她来时通常是白天,小武小爱正在酣眠,即使被她弄醒了,也显得无精打采的。而且,两个小家伙似乎也逐渐适应了她的离开,同我和崔晓丽亲密无间起来,气得艾小艾忍不住嗔怪,叛徒、叛徒,一对小叛徒!

那样子总惹得我和崔晓丽忍不住笑起来。小武、小爱的日用还是由她供应,总是东西还没吃完,她就提了新的来。看起来施老师还是那般宝贝她,她来了"蜂窝",两人还时不时地视频。每次施老师视频电话一来,我和崔晓丽就知趣地撤退。我忍不住笑艾小艾,真是肉麻,分别这么一小会儿还视频来视频去的,让我们这些单身狗可怎么活。

婚后的艾小艾着装风格也变了,不再是短衣短裙、时不时露出肚脐眼了。婚姻的力量可真大,我不能不在心里感叹。有时我问艾小艾过得怎样,她简单回一句,还好。她似乎更愿意谈谈小武、小爱有什么新的变化。她想将小武、小爱搬过去,可施老师舍不得那两只猫,猫也似乎看透了她的心思,一天早上她睁开眼,蓦地看见两只猫静悄悄地蹲在床头柜和枕头边,一左一右瞪视着她,眼神阴森森的,她说那一刻她的心脏都停跳了,过了三秒钟才想起来尖叫……那以后,她每晚都要求施老师睡觉时关上卧室门,平时她一个人在家,也不轻易打开卧室门。

我和崔晓丽觉得她这是大惊小怪,是阔大的无聊给憋闷出来的敏感过度。她现在不用四处接活了，以前的朋友都戒了，男女朋友都是，施老师不喜欢她和那些人来往。她天天在家过着贵妇人的生活，吃了睡睡了吃，一日三餐、打扫屋子请了钟点工。可她瘦了，两颊没了弧线，下巴更尖了，显得一双眼睛更大，更妩媚。她说自己在健身，每天无事可做，只能想着花样折腾自己，做瑜伽，练操，跑步机上一不小心就跑过了十公里，推举一口气可以来十二个。吃的穿的用的玩的家里都不缺，只有她想不到，没有买不到的。施老师开办了一家美术培训学校，似乎经营得挺成功，这几年美术培训太火了。我为她高兴，夫复何求，命运太厚待你了。

气温持续上升，冲上了四十摄氏度。新闻说，有人大中午将鸡蛋搁在大街上，没一会儿就煎熟了。

一天夜里，我刚睡下，"蜂窝"的大门被"咚咚咚"敲响。

住进"蜂窝"后，还没出现过这样急迫的敲门声。这是谁啊，天塌下来似的。崔晓丽在医院上夜班，我壮着胆子爬起来，将一路的灯都打开来，挪到门跟前，迟疑地问，谁？

门外传来艾小艾的声音，苏姐，是我，快开门。

打开门，穿一件吊带裙的艾小艾站在门外，披散着头发，两手抱在胸前。我惊诧，忙将她拉进来。等我关好门，回过身，艾小艾已经进了她的房间。

我走进去，艾小艾蹲在铁笼子前，小武在跑轮上玩得正带劲，没理会她的到来，小爱倒是从吊绳上探过头，冲着她"哒哒"了两声。艾小艾没有像往常那样急吼吼地打开笼门，将小武、小爱抱到手里，她一动不动地蹲在那儿，看着它们。我感觉不对劲，将手放在艾小艾的肩膀上，她的身上汗津津的，在微微发抖。我蹲下身来，和她一起看着小武、小爱。

苏姐，我今晚住这儿。良久，艾小艾才开口。我忙站起身，好，我给你铺床。我将自己的被子床单收走，换上干净的。你要洗澡吗？

艾小艾点点头。她站起身来，天，我看见她左眼角连着眼下一大片，都是青紫色。

小艾，怎么啦？谁打你了？

艾小艾摇摇头，长发也跟着晃了晃。没事，我摔了一跤，洗洗就好。

这显然不是摔伤，难道是施老师，或者她又重新招惹上了过去那帮朋友？听着洗手间传来哗哗的淋浴声，我给崔晓丽打了个电话，压低声音将艾小艾的伤情跟她说了，她告诉我这个伤该怎么处理，她房间里的药膏放在什么地方。

跑轮发出呼呼的声响，小武无忧无虑地奔跑着，小爱也是，在吊床和树枝间攀来爬去，玩得不亦乐乎。我呆呆地坐在床上。

艾小艾什么都不愿意说，也不愿擦药，头发湿漉漉地就躺下了，也不肯吹干。我只好用长毛巾帮她将湿头发包裹起来，她用夏被蒙住了头。瞧这情形，我不好再问，帮她关上灯，带上了房门。

一晚没睡踏实，一直惦记着艾小艾房间的动静。"蜂窝"显得异常安静。早上崔晓丽下班回来，拿了药膏给艾小艾抹，艾小艾倒是听她的，乖乖地任她处理，就是不肯说话。我熬了稀饭，蒸了馒头，煎了荷包蛋，赶着去上班，临走悄悄嘱咐崔晓丽，她今天最好不要出门，如果谁来找艾小艾，先问她的意见再决定开不开门。

心绪不宁。艾小艾到底怎么了？中午给崔晓丽打了个电话，她说艾小艾还在睡觉，没有人来。又试着给艾小艾打个电话，没有人接听。

刚挂电话，一个陌生号码打进来，接通，竟然是施老师。

电话那头的他挺礼貌，说是在艾小艾的手机上看到我的号码。艾小艾的手机？难道她昨天没将手机带在身上？我还真没注意。我"嗯"一声，不说话。施老师慢悠悠地问，小艾是不是去你们那了？

我故作轻松，如果小艾在我们这儿，我还费事打电话找她吗？她的手机怎么在你那儿？

她出去了，忘了带手机。施老师语调还是缓缓的，显得平静。

基本可以确定，艾小艾眼睛的伤和他有关。我不想再装下去了，稳一稳心神，慢悠悠地问，你打了她？语气既非疑问，也非肯定，我等着对方去琢磨。电话里静默一刻，施老师轻轻地咳嗽一声，这个，我可以解释。

一股火蹿上来，再大的事，有那样伤人的吗，那是眼睛哎，眼睛周围多少神经，当初你把她带走时是怎么承诺的，现在倒好，还没两个月呢，就眼睛伤成这样半夜跑回来……那一刻，我仿佛真成了艾小艾的姐姐，气愤地质问施老师。

那个……那个……对方那个了半天，也没说出个所以然，我气得挂了电话。

转头打电话给崔晓丽，告诉她是施老师打的，至于为什么还不清楚，如果艾小艾起来看能不能问出个原委。崔晓丽显得很为难，苏姐，那个，你知道的，我嘴笨。我叹一口气，挂了电话。

一到下班的点儿，我就心急火燎地往回赶，顺路带了三份肥肠汤粉，那是艾小艾喜欢吃的。艾小艾在逗小武、小爱玩，崔晓丽正准备做饭,我说别做了,吃粉吧。

三个人埋头吸吸溜溜地吃粉,看起来艾小艾还算平静。崔晓丽给上药后,她眼睛周围的颜色似淡了些。吃完粉,我将腿一盘,冲着艾小艾,到底怎么回事?我们住一起也不算短了,有什么不能和我们说的?天下没有不散的筵席,总有一天我们都会离开"蜂窝",散了也就散了,可能从此江湖陌路,不再相见。可今天你和我、和晓丽还住在一起,可不可以和我们坦诚一回,你相信我和晓丽,绝对不会到处八卦你的事情。你有什么难处,我们一起来解决。

艾小艾低着头,抚摸着小爱。小爱的心思明显不在她那儿,扭头望着崔晓丽手中的小武,逮着机会就想溜去那边。半响,艾小艾抬起头来,大眼睛沉静地望着我,是老施,他动的手。大眼睛里起了雾,盈了水,一滴一滴溢出来。

我直起身子靠坐过去,拿手拍抚她的肩膀。为什么,你做了什么吗?

那只猫丢了,黄色的那只,我也不知道原因,家里怎么也找不到了,老施非说是我故意放它出去的……艾小艾身子耸动着,眼泪啪嗒啪嗒砸在手上,崔晓丽将小爱接过去,两只蜜袋鼯仿佛也感知到异常的气氛,一起瞪着大眼睛望着艾小艾。

一只猫,至于这样吗?崔晓丽嘀咕。

是啊,也就一只猫,又不是一个人。他对你那么好、那么体贴,凡事百依百顺,一只猫就至于把你打成这样?我不解,一股气在身体里盘旋奔窜,找不到出口。

艾小艾又沉默了,良久,才艰难地吐出一句,我觉得他有病。

我和崔晓丽对视一眼。有啥病,正好可以问问晓丽,她解答不了的,可以帮你去问问医生。

他,他是心里有病。艾小艾摇头,渐渐收住了眼泪。他有暴力倾向,我一直没和你说。其实,我们结婚三天就吵了一架,那天我接到一个朋友的电话,邀我出去玩,我本来想去,开始他也没说什么,等我化好妆换好衣服准备出门时,他突然发作了。我叫他开车送我一下,他像没听见,我一赌气就拉开门准备自己走,"嘭"一声,一个瓶子就在离我手不到半米的地方炸开了,是茶几上的花瓶,里面还有几枝鲜花,水洒了一地。我简直吓呆了,不明白他怎么会这样,要知道一个小时前,不、不,半小时前他还在对我甜言蜜语,宝贝来宝贝去的。我蹲在地上哇哇大哭起来,他跑过来搂住我,说宝贝对不起,是我不好,是我不对……那次就这么过去了。我也不和朋友主动联系了,电话也很少接,可是我发现,那次并不是偶然,他会在一瞬间突然变成另外一个人,起先是砸东西,逮着什么砸什么,后来就开始动手了,用拳头,用脚,但他从来不打我的脸,每次我来"蜂窝"都穿的长衣长裤,你们没注意吧,这么热的天,我只能穿成这样才遮得住那些伤痕。那个家越来越让我感到压抑、害怕,可连我来"蜂窝"他也会不高兴,疑心我是偷偷去会朋友了。每次来这里,我都得在小武、小爱的笼子前和他视频,他看到了才能放心。可没一个小时,他的视频电话又会打过来。真的,我觉得他有病。

那你怎么不离开他?我不理解,既然过得这么累这么难又这么可怕,为什么不选择离开。

离开?艾小艾苦笑一下。他有我爸妈的电话,有我老家的住址,他说我要是敢离开他,他就天天找我爸妈闹,闹得两个老人不得安逸。当然一开始他没这么说,他每次发完火都会哄我，给我买好吃的，买衣服，买奢侈品，跪在地上求我原谅他，他说他也觉得自己有病，病得还不轻，可我是他的药，无药可救的他就服我这味药……

你信？我握住艾小艾的手，一阵心疼。她瘦了好多，原来并不是无聊得只剩健身的结果。

他说得很认真，那样子，那样子也很可怜。他说前妻提出离婚后，他陷入抑郁很长一段时间，好不容易才走出来，这病就是那段时间落下的后遗症。他还说了好多好多，说他怎么一个人锁在屋子里，不吃不睡，脑子里完全停不下来，都是回忆，实在受不了的时候，他就拿烟头烫自己，原来他手臂上那些文身，都是为了遮住那些烟头留下的疤痕，不仔细看哪里晓得，我也是听他说了才知道的。他平静的时候，我摸过那些疤痕，仿佛陪他经历了那些疼痛的时刻，我觉得自己不能离开他，他现在只剩下我了，如果我离开他，他不知道会变成什么样……

一直没说话的崔晓丽，从鼻子里"哼"出一声来，你放心，这种人，永远能活下去，还活得比谁都滋润。

小艾，我一直觉得你是个聪明女孩，可这次，你真的太蠢了。晓丽说得对，他不是需要你，而是需要你在他身边，让他一直有发泄的出口。他所经历的痛苦，不是你的责任，你没有必要为了挽救他毁掉自己的人生。

艾小艾垂下头，缓慢地摇着，我觉得自己被他洗脑了，真的，一度我真以为自己是他的解药，没有我他就没办法活下去。直到我在他手机里看到他和一个学生的聊天记录，他竟然，竟然称那个女学生是他的药，唯一的解药。眼泪重新盈满了艾小艾的大眼睛，无声地往下落。刚刚我没有说实话，不是为了猫，猫只是个引子。他急着出去找猫，手机落在了家里，正好有信息发过来，被我看到了。我装作他和对方聊了两句，原来他们保持这种暧昧关系一年多了，只是最近两个月，他突然不怎么理她了。我很生气，等于他一面千方百计哄着我，一面用同样的方法哄着另一个女人。他没有找到猫，垂头丧气地回来，我拿着手机问他是怎么回事，他反过来质问我为什么偷偷翻看他的手机。两人吵了起来，吵着吵着，他一拳挥过来，打在我的眼睛上。我疼得蹲在地上半天直不起身子，心里有个声音对我说，不行，小艾，你得逃，这个家你不能再待下去了。他冷静下来，又开始道歉，扇自己耳光，我骗他去冰箱拿冰袋，冲出了门……艾小艾再忍不住，号啕大哭起来，拿手蒙住自己的脸。我抱住她，让她靠在我的肩膀上，想哭就痛快哭一场吧。

这个人渣！崔晓丽咬着牙吐出几个字。我回想起施老师在"蜂窝"时殷勤的样子，感到一阵恶心。

崔晓丽将小武、小爱送进笼子里，洗了手，拿了一条毛巾给艾小艾，表情严肃。别哭了，你眼睛的伤经不得哭。艾小艾渐渐收住了哭。崔晓丽看着她，你还打算回去吗，继续待在他身边？

艾小艾拼命摇头，大眼睛里都是惊惶。我一定要离开他！

你父母呢？你不考虑你父母了？

总有办法的，我在他身边一天都待不下去了。艾小艾越来越坚定。

我也这么觉得。人总不能被鬼吓死。你既然拿定了主意，我们先走第一步。崔晓丽沉吟一下，你还有那边的钥匙吗？

我出来急，什么都没带。不过，我放了一把备用钥匙在阳台窗内的一个花盆下面，花盆前的窗户通常是虚掩的，没锁死。你们知道我忘性大。

那好，你听着，施老师，哦呸，他根本不配当老师，他周六、周日会去学校吗？好，明天周六，我一早就去你家门口守着，等他出了门，就打电话给你们，你和苏姐马上过去，我们进去收拾你的东西，捡最重要的拿上，记得带上你的结婚证、身份证、户口本这些。最好明面上的东西别动，免得打草惊蛇。等拿回来了，我们再想下一步怎么办。

我没想到崔晓丽这么冷静，她的方法无疑是可行的，也是必须的。我们得先将重要的东西，包括证件拿回来，否则会非常被动。

周六天没亮，崔晓丽就出了门。我和艾小艾也起来收拾好，一接到她的电话马上打车过去，在花盆下顺利找到了那把钥匙。拿钥匙的时候，一只白猫蹿上窗台，绿眼睛盯视着我们。

屋内静悄悄的，东西摊得到处都是，看来男主人这两天也过得很糟糕，钟点工似乎也没来。艾小艾拿上了重要的证件和几件换洗衣服，原本她就没带什么东西进这个家，她的家当还堆挤在"蜂窝"里。临走，她犹豫一下，又返回卧室，从手上取下戒指放进了首饰盒。

我们仨回到"蜂窝"，商议接下来怎么办。崔晓丽提议先将艾小艾的伤口拍下来，作为固定证据，不管以后通过哪条途径，可能这个都挺重要的。

崔晓丽动脑子的时候喜欢皱着眉头。你们不觉得奇怪吗，那个人，现在崔晓丽用"那个人"取代了施老师，他两天都没来找艾小艾，难道他是怕面对我们？二姐，你觉得呢，你最了解他。

艾小艾咬着嘴唇，这是她的习惯动作，是不是他还没找到黄猫，心里很乱？她摇摇头，或者，我对他来说没那么重要吧。

不，我觉得你对他来说还是非常重要的，不管从正面还是负面来说，他对你都是有情感依赖的，他肯定希望你回到他身边。我感觉他也在等，在想办法。我们暂且不做什么吧，你先安心住在"蜂窝"，这段时间，不管谁敲门大家都要确认安全后再开门。看那个人下一步怎么做，我们再想办法应对吧。

忽然间，崔晓丽仿佛成了我们仨中间的大姐。难道是不久前那次情感经历让她迅速成长了，还是我们虽然住在同一个屋檐下好几个月，却一直没有真正了解过她？

7

崔晓丽分析得没错，施老师没有罢手，他只是在等待合适的时机。

艾小艾忘了一件事，她去新家时随身带了一把"蜂窝"的钥匙。那天她回去收拾东西，几个抽屉里都没看到这把钥匙，她心里惦记着最重要的几样证件，忘了这把钥匙。回来后她倒是想起来，以为自己喜欢乱扔东西给弄丢了。

施老师耐心地等过了周六和周日，他知道这两天"蜂窝"里肯定有人，又耐心地等过了周一，这天崔晓丽休班，白天一直在家，她前晚值了夜班。周二崔晓丽是白班，我在单位上班，只有艾小艾一个人在"蜂窝"，施老师用这把钥匙打开了"蜂窝"的大门。

艾小艾听见动静走出来，看见站在客厅的施老师，大吃一惊。她反身想跑进房间锁上房门，可施老师几个大步就追上了她。两人站在铁笼子前，一个惊慌失措，一个故技重演，施老师又开始表演求饶、道歉、悔过那一套，小武和小爱惊醒了，在笼子里蹿上蹿下，发出"嘎嘎嘎嘎嘎嘎"的叫声。艾小艾颤抖着声音，你吓着小武、小爱了。

施老师看了两只蜜袋鼯一眼，又回过头继续表演。艾小艾渐渐冷静下来，她一动不动地看着小武、小爱，压根儿不拿眼睛看施老师。施老师不知说了多久，曾经用过的伎俩全部用完了，他才意识到艾小艾这次是真的铁了心，不肯回头了。意识到这一点的施老师，突然怒不可遏，一把掀开铁笼子的门闩。

艾小艾反应过来，伸出手去护门闩。两人的手绞缠在一起，有血往下滴，也不知是谁的。小武和小爱更加惊恐不安，叫声越来越大。施老师终于掰开了艾小艾的手，一把将她掀到床上，艾小艾的腰磕在床沿上，一口气半晌没缓过来，等她重新可以顺畅地呼吸了，施老师已经将一只蜜袋鼯握在了手里。

艾小艾惊恐地望着他，不知道那是小武，还是小爱。及至另一只蜜袋鼯在门楣上发出"嘎嘎嘎"的声音，她才知道被抓住的是小爱。小武似乎非常着急，小脑袋惊惶地转来转去。

艾小艾站起来，瞪视着施老师，现在她恨这个男人，她知道自己再也不会回头了，她从牙缝里挤出几个字，你就死了心吧！

她的样子让施老师脸上多了惶恐，他犹豫着，不知道自己该怎么办。忽然，一个东西飞扑向他的头顶，是小武，它从门楣上滑翔而下，直冲向施老师的头顶。施老师下意识地一抬手，小武被扫得飞了出去。这次它的翅膀没来得及张开，小身子重重地撞在柜门上，又砸向地面。

不——艾小艾的声音还没消散，小武已经重重地落在地板上。艾小艾扑过去，将小武捧在手里，小武粉红色的小嘴还在翕动，可是身子已经软了。

施老师一愣，小爱趁机从他手掌中逃了出来，落在艾小艾的脚边。它竭力直起身子，仿佛想看看艾小艾手中的小武。

艾小艾大声哭泣着，将小爱握在手里，将它放在枕头上，让小武躺在它身边。回过身，她拼尽力气扑向施老师，和他揪打在一起，嘴里嚷嚷着，为什么，为什么，你为什么要伤害它们……

我回到"蜂窝"时，艾小艾坐在沙发一角，披头散发，满面泪痕。施老师坐在沙发前的一张椅子上，两人对峙着。那时我还不知道小武死了，以为施老师是艾小艾让进屋的。我犹豫一下，本想直接进屋，艾小艾叫住了我，苏姐，小武死了，是他杀了小武。她的胳膊抬起来，指着施老师，声音像一条直线。她太平静了，我以为她在开玩笑，可是施老师慌乱的表情让我瞬间意识到这是真的，还有施老师手里那把刀，即使在昏沉的光线中，也能看到刀锋划动闪现的寒光。

我愣在原地。施老师站起身，挥一挥手中的刀，示意我坐到沙发上。我和艾小艾并排坐在一起。尽管视线模糊不清，我还是从刀柄的形状看出来，施老师手里握的是"蜂窝"的水果刀。这把刀有着锋利的斜形刃口，平时削水果很方便，不知能不能轻易穿过薄薄的夏衣和皮肤。

崔晓丽进门时，顺手按亮了门边灯，她明显愣了一愣。我和艾小艾并肩坐在沙发上，施老师坐在我们面前的椅子上。她还没有看见施老师手中的刀，可听到了他的声音。

关上灯。那声音像刀锋一样尖利。

崔晓丽默默地关上了灯，"蜂窝"重新陷入了黑暗。只有一抹月光从阳台窗户透进来，照亮了沙发靠近阳台的一侧，落在我的手臂上。

坐到沙发上去。施老师的声音冷冷的,让这个燠热的夏夜散发出铺天盖地的寒气,直逼向我们仨的心底。崔晓丽挨着我坐下来,我的手触碰着她的手。

房间里已经静默很久了。现在这静默被崔晓丽打破了。你到底想怎样?

我不想怎样,我只想小艾回到我身边。施老师的声音透着疲惫。

不——可——能!艾小艾的音量不高,却透着坚硬。

施老师,我劝你别做梦了,我看你和小艾最好是好聚好散,也不枉夫妻一场,这也是修了千年的情缘,莫弄得各自伤痕累累,体无完肤,最后还是分开的结局……

住嘴,我不是来听你意见的。只要小艾答应跟我回去,我一定不再伤她半根毫毛。

你得去找心理医生,知道吗?崔晓丽说得平静,我的心却一拧,果然,施老师没那么冷静了,他抬起一只手来擦拭额头,身子往后靠到椅背上,原本紧绷的姿态松弛开来。我没病,只要小艾跟我回去,我一定……

你这话只能骗你自己了。我认识一个心理医生,他说你这个叫寄居蟹人格,需要接受心理治疗……崔晓丽说得慢条斯理,施老师额头上的汗似乎越聚越多,他用两只手交替擦拭着,刀锋在黑暗中划过一道道弧线。

忽然,我感觉崔晓丽挨着我的手重重地捏了我一下,与此同时,她的身体飞蹿而起,等我反应过来,她已经将施老师扑倒在地上,施老师的脚在躺倒的椅子四脚间晃动不已。

我也飞扑过去,一把按住了施老师的一只手。崔晓丽用腿顶住施老师的胸口,双手死死地卡住他拿刀的那只手。艾小艾找来绳子，我们仨将施老师的手脚捆结实了。现在他一副束手无策的样子，蜷曲在地板上。

崔晓丽打了一个电话，警察很快来了。艾小艾后来说，来的就是上次处理崔晓丽被骗一事的那个警察。

警察将施老师带走，我们仨也跟了过去。几个人做了笔录，警察当着我们的面，警告施老师不得再靠近"蜂窝"，骚扰我们仨。

回来的路上，我心里还是忍不住担心，可崔晓丽安慰我们，没事的，那施老师其实也戾，她先就注意到他握刀的手一直在抖，还有满头暴起的大汗。现在有警察出面，想来他也不敢再有什么举动，只是艾小艾离婚一事，恐怕不是一条平坦顺畅的路。

艾小艾决定搬家，她要搬到一个施老师短时间根本找不到她的地方。她带着歉意对我们说，我搬走，你们也安全了。我没问过崔晓丽，我心里自然是舍不得，可几个月经历了这么多事，我明白"蜂窝"再留不住艾小艾。

小武走后，小爱几天不肯进食。艾小艾搬走前将它送回给了宠物店小伙子，她说请原谅她的弃养，看见小爱她就会想起小武，就没办法忘掉这段往事。

我们仨一起为小武举行了告别仪式——将它装在一个小木盒里，埋在一丛盛开的蔷薇花树下。我们在树边静静站立一刻。离开的时候，一阵风吹来，风已见了凉意，粉色的蔷薇花瓣纷纷下落，落在那微微隆起的湿新的泥土上。

大概用不了多久，这方寸之地就会被花瓣、腐叶和新生的杂草覆盖，再难辨识了吧？